石狩七穂のつくりおき
家事は猫の手も借りたい?

竹岡葉月

ポプラ文庫ピュアフル

目次

本書は書き下ろしです。

石狩七穂のつくりおき

家事は猫の手も借りたい？

プロローグ

唐突だが石狩七穂は床下が嫌いだ。

まず暗い。そして狭い。何かこもっていて変な臭いがする。うっかりすると、築八十年以上の家を支える柱や束に頭をぶつけそうになるので、土が剥き出しの地面を這うように移動する必要がある。

まああえて床下を愛好する人がいないとは言わないが、その人は特殊な嗜好か才能の持ち主に違いない。

しかしこうして寝ていた部屋の畳を剥がし、床板まで外して床下に侵入したのだ。今さら後には引けなかった。

（どーこーだー、猫ちゃんよー）

七穂は懐中電灯であたりを照らしつつ、たれてくる蜘蛛の巣らしきものをかきわけ、床下を這い進む。どうかネズミの死骸とか、大量のゴ〇ブリとか、そういうのに会いませんようにと心から願う。

確かにこの下から聞こえたのだが——。

心当たりの方向をライトで照らすと、一瞬だけ尻尾らしいものと、キラリと光る獣の目が見えた。

存在に気づいたのは向こうも一緒だったらしく、素早く逃げ出した。

（よし、動いた！）

ここ数日、床下にとどまってまるで移動する気配がなく、怪我や病気の可能性も危惧していただけに、逃げる元気があったのは何よりであった。

この狭い空間は、七穂が降りてきたルート以外は、外へ逃げる道がほぼ塞がれているのは確認済みだ。唯一の例外は、格子が一本だけ腐って折れている、特定の通風口のみである。自然とそちらへ誘導されるはず。

七穂の懐中電灯に追われるように、床下の猫が、その通風口へと走っていく。光差し込む出口の先には、別の人間が待機しているはずだ。

「隆司君！」

「――大丈夫、確保！」

遠く聞こえた声に、七穂は心底ほっとした。

でかした結羽木隆司よ。心の中で拍手しながら、暗く埃っぽい空間を出て、元いた我楽亭の室内へと這い上がる。

しばらくすると、庭に面した縁側の下から、青年がのそりと立ち上がるのが見えた。彼はゆるい灰色のスウェット姿で、その手には洗濯ネットに包まれた猫が抱かれている。

暴れる猫をおとなしくする方法として、洗濯ネットをかぶせるのは比較的よく知られたやり方だろう。しかし——。

「ほっぺ！　血が出ちゃってるよ」

「ネットの口閉める時に、ちょっと引っかかれたんだ。ここだけだよ」

「なんてこった。せっかくのご面相が」

結羽木隆司はここ我楽亭を相続した人間であり、七穂にとっては母方のいとこだ。しかし、地黒で濃いめの顔をした自分とはまるで似ていない、色白で繊細な容貌の持ち主である。たぶん他のどの親戚とも違うだろう。アラサーとなった今でも、王子と呼んで差し支えない雰囲気がある。

それはすなわち彼が養子縁組で結羽木家にやってきたことの証拠でもあるのだが、今は横に置いておこう。とにかくそのお顔に、一本線の傷がついた事実が軽くショックだったのだ。

「私が捕獲役やればよかったかな」

「七穂ちゃん。どうして君なら怪我していいって思うのさ」

「う、ごめん。でも隆司君よりはさー……」

「俺の前で、自分なんかって言い方されると悲しいよ。七穂ちゃん綺麗なのに」

こういうことを、隆司はわりと真面目な調子でぶっ込んでくる。本気というか、冗談ではないらしい。その事実に、七穂はいまだ慣れていない。

へどもどする気持ちを隠し、家の中から、隆司を呼んだ。

「消毒するから。こっち来て」

ずっとずっと世話をしてきた人に大事にされるのはこそばゆいし、恐れ多い気さえするのだ。

――むかしむかし、小さな頃から優秀だった『たかしくん』は、ある時大きくつまずいて、会社をお休みすることになった。その時『ななほちゃん』は求職中の暇人だったので、休職する彼の面倒を見る『休職当番』になった。

『たかしくん』は預かりものの盆栽を抱え、ただただ死んだように生きていたので、そんな彼のご飯作りや掃除のため、毎週実家から車を飛ばして、昔遊んだ我楽亭を訪問した。

長いお休みをここで過ごし、ちょっと地球を半周する冒険も経て、結羽木隆司はまた働きはじめた。

七穂も家事代行という、自分の好きな仕事を見つけて活動中だ。

だからまあ、今はとりあえず一緒にいよう。我楽亭で暮らそう。

そんなゆるい感じの約束をしたのは、ホタル舞う七月のこと。季節は夏を経て、実りと落葉の秋になろうとしていた。


「やっぱりあの子、飼い猫じゃないよね。見たところ首輪してないし」

床下から救出した猫は、長い放浪のせいか方々薄汚れていた。いっそ保護のために包んだ洗濯ネットごと、どぼんと洗濯機に入れてしまいたい衝動にかられたが、ひとまず段ボール箱に移し、縁側の隅に置いて落ち着くのを待つことにした。

七穂は救急箱を持ってきて、隆司の傷を手当する。

「何ヶ月ぐらいの猫なんだろうね」

「そうだね……あのひょろひょろの感じじゃ、生後半年ぐらいじゃない？　お母さん猫から独立したばっかりの、はぐれチビ猫って感じかも」

「たわしと同じケースか……」

ため息をつく隆司が思い浮かべているのは、かつてこの屋敷の壁を破壊して救出した子猫のことだろう。彼は『たわし』と名付けて世話をし、たわしは今、翔斗（ひろと）という少年の家で元気に暮らしている。

あの時バールで壊した砂壁は、一年以上放置された末、七穂の抗議でようやく穴が完全に塞がれたところだ。壁が直れば次は床とはせわしない。

「もう我楽亭じゃなくて、破壊亭に改名するってのはどう？」

「死んだじいさんに怒られるよ」

「だめか」

ユーキ電器の元会長、結羽木茂は隠居目的にここを購入したという。

「今回は、畳と床板をちょっと外すだけですんだじゃないか」

「でも下の通風口は、誰か新しく入り込む前に直した方がよさそう……あー、ギザさん！　先輩も！　だめ、そこの猫は構わない！　放っといて！」

縁側に置いた段ボール箱の周りに、ここ我楽亭の庭を縄張りにする猫たちが集まっていた。

七穂が実際に立ち上がって解散をうながすと、ちょっかいをかけていた猫たちは、面倒くさそうに庭へ降りていった。

（貫禄ありすぎなんだよ、キミたち）

片耳に地域猫のしるしの切れ込みがある『ギザさん』に、三毛のデブ猫『先輩』。

港の数だけ女がいる男ではないが、近隣に複数の餌場を持つと噂のギザさんや、首輪つきでもしょっちゅう生家を抜け出す先輩は、厳密にはここの飼い猫ではない。しかし、昭和初期に建てられたという母屋や離れの洋館、池つきの庭がある我楽亭は居心地がいいようで、勝手に猫が集まってきてしまうのである。

屋敷の周りを背の高い垣根が囲う中、この時季は庭木のイチジクが夏果に続いて秋果を実らせ、風向きによっては縁側にいても独特の熟（う）れた甘い匂いがただよってくる。

ここだけ時間の流れが違っていそうな光景が、七穂はわりと好きだ。

「なーお」

「はいはい怖かったね。もう大丈夫だから」

子猫氏、捕まった瞬間からうるさいぐらいにミャーミャー鳴いていたが、直近のは『出せ』ではなく、『どうかお助けを』だったのかもしれない。少しだけ子猫に同情した。

一時的に開け放っていた縁側のガラス戸を、あらためて閉める。

「――とりあえず隆司君、うちらも朝ご飯にしようか」

「了解。やっとだね」

そう。この件を片付けないことには、おちおち寝てもいられないと思っての電撃保護作戦だったのだ。

隆司が寝室の畳を元の位置に戻している間に、七穂は台所へ行く。

環境が食を作るのか知らないが、朝ご飯は和食を作ることが多くなった。グリルで鯵の干物を焼き、汁物は赤だしでなめこと三つ葉。タイマーで炊いたご飯も茶碗に盛る。

小鉢のひじき煮や、余り野菜の浅漬けなどの常備菜も含めて、ここまで用意したのは七穂だが、この手の作業は苦でもないので『休職当番』の頃から自分が担当していた。

（あ、よかった。ひじき煮が復活したわ）

実際に茶の間のちゃぶ台で食べてみて、七穂は一人うなずいた。

鯵の焼き加減はもちろん、どうにもぼんやりした味だったので、思いつきでカリカリ梅を足したひじきの煮物が、案外いい仕事をしている。味に酸味とパンチが出た。

浅漬けもこれぐらい薄味なら、サラダ代わりにできそうだ。

蕪と人参、キャベツなどの半端野菜に、昆布茶とごま油を入れて和えただけ。献立が洋食なら、ごま油のかわりにオリーブオイルでもいいだろう。塩昆布よりも素材の色がよく出るので、彩りを考えればお客様用の常備菜レシピに加えるのもありかもしれない。

味噌おでんの余りで作ったなめこの味噌汁も、つるつるした食感に赤だしと三つ葉の薬味がきいていて、何より空きっ腹に温かい汁が染み渡るようだった。

「隆司君、今日の予定は？」

「普通に仕事かな」

「祝日なのに？」

「イギリスに、日本のカレンダーは適用されないし」

なるほど。それもそうか。

隆司は勤めていた大手コンピューターメーカー『アウルテック』を辞めた後、放浪先の英国でベンチャー企業の社長さんに拾われ、今はリモートでＩＴ関係の仕事をしている。

母屋に繋がる洋館の書斎を改造し、パソコン部屋にしているが、どういうサイクルで仕事を回しているのかまでは不明だった。

「時差がある国と仕事するって、大変じゃないの？」

「俺はね、妖精なんだよ七穂ちゃん」

「ほ、ほほう……妖精サン……」

真顔で言う台詞かよと思うが、睫毛長めの王子様顔とイギリスという土地柄があると、妙に説得力があって困る。たとえその箸でつまんでいるのが、鯵の干物であってもだ。

「朝起きる、色々相談事がチャットで持ち込まれてる、それを俺が片付けてから寝る。

向こうも朝起きれば綺麗に片付いたタスクに会える。向こうが寝てる間に色々片付けるから、便利で喜ばれる」

「ウィ、ウィンウィンって言っていいのかな……？」

「七穂ちゃんも似たようなものだよね。家事妖精のブラウニー」

「お菓子みたいな可愛(かわい)い名前ね」

「知らない？」

隆司が食事中ながら立ち上がり、隣の和室に行ってカードの束を取ってきた。

彼が幼少期に集めていたトレーディングカード、UMA(ユーマ)バトルカードだ。今も翔斗が遊びに来た時は、ちょくちょくデッキを組んだりしているらしい。

その中で七穂に見せてくれたのが、未確認生物(UMA)同士のバトルを助ける怪奇カードの一枚だ。『家事妖精ブラウニー』なる、ちっちゃいしわくちゃのおっさんが、箒(ほうき)で石造りの台所を掃いてニヤニヤしていた。

……このおっさんが、私とな？

「一枚持ってると便利なんだよね。報酬と引き換えに、任意の数字をいじれるから」

「破(は)ぁ！」

「いてっ」

思わずうんちくを語る男の脳天に、チョップをくらわせてしまった。

「だれがちっちゃいおっさんだ」

「でも働き者だよ」

昔からこうなのだ。真面目なのだが情緒が微妙にずれている。

こんなんだから、隆司が言う『綺麗』発言も、いまいち信用できないのである。

「……わかった。褒めてはくれてるのね」

「七穂ちゃんも、今日は仕事？」

「ええその通り」

七穂の仕事も、土日祝日対応可にしてしまっている上、隆司のようなリモートワークは存在しない。実際に各家庭に伺って、料理や掃除などの家事の代行をするのが生業なのだ。今日もこの後、予約がいくつか入っていた。

茶の間の柱時計も鳴り、あまりのんびりもしていられなくなった。

「それじゃあ隆司君。この後のことなんだけど……」

「子猫は俺が、獣医さんのところに連れていけばいいんだよね」

「そう。それと」

「皿を洗う。名前を考える」

「完璧」

積極的に手を出すと決めた時点で、チビ猫を家の猫にするのは決定事項だった。

きっと『たわし』なみのハイセンスな名を考えてくれるだろう。

朝ご飯の続きを食べる隆司が、わかっているとばかりにうなずいた。

「今日の出張先は？」

「最初は角田(つのだ)様かなあ。県庁近くの駅近マンション住まいでさ、共働きのパワーカップルって感じ」

一章　病める時も健やかなる時も

『どうせなら襟（えり）、結婚しないか？』

　ヘッドセットから聞こえてきた提案に、当時まだ首藤（しゅとう）襟だった自分は危うくむせるところだった。

　落ち着け、ポカリ噴いてる場合じゃないと、口をぬぐいながら言い聞かせる。

　ここは襟が学生時代から一人暮らしをしている、都内某区のアパートだ。六畳の和室に似合わぬ無骨なスチールデスクの上には、作画用の液晶タブレットに加え、大型のモニターが複数設置してある。メインのモニターはただいま協力型オンラインゲームが進行中で、襟もボイスチャットで話している智貴（ともたか）も、連携して目の前のモンスターを倒さねばならないはずだった。

　背もたれの高いゲーミングチェアにあぐらをかく襟は、コントローラーのボタンを連打して敵の攻撃を回避。続けて味方に付与魔法をかけた。派手なエフェクトが、モニターを虹色に染めた。

「……レッドドラゴン討伐イベント中にプロポーズとは、度胸あるね」

『いやだって、言うならこういう時しかないだろ。今だって激務過ぎて、夜中にチャットするのが関の山じゃねえの。援護サンキュな』

　智貴の言い分も、一理ある。

　物心ついた頃からちまちまと絵を描いてきた襟は、憧れていた大手ゲーム会社に就職してゲームを作っている。主に2Dのグラフィッカーとして、イラストを描いたりキャラクターデザインを任されたり、五年の間に名前の残る仕事もいくつかした。

　そのうちの一つ、『ホムラの大君』は家庭用ゲーム機だけで百万本を売り上げるスマッシュヒットになり、続編も当然のように襟が関わることが決定していた。

　つまり今後もまた、家には寝に帰るような生活が予想されるわけだ。勢い彼氏との会話も、モンスター退治やゾンビ掃討戦の合間になる。

「……結婚するのはいいけどさ。私、料理しないよ」

『そりゃ知ってる。しないっつーか、できないの間違いだろ。それは俺が担当するよ』

「だって包丁って刃物なんだよ」

『当たり前だろ』

冷静に会話を続けながら、じわじわと結婚の二文字がこみ上げてくるのがおかしかった。そうか。結婚するのか。私はこいつと。

大学は有数のマンモス大学で、智貴は学部違いの同級生だった。趣味系のサークルで知り合い、つきあいだしたのもその頃だ。襟と違って絵は描かないが小説やシナリオは書ける奴で、しかし就職ではあっさりそのへんの趣味を封印して普通のサラリーマンになった。

仲間内で作ろうと盛り上がった同人ゲームも、けっきょく飲み屋の構想だけで完成しなかったなと、ついでのように思い出した。襟だけが静かに燃えて、人物や背景のラフを量産したのだ。あれはどこにやったっけ。

「智貴が料理するなら、私は掃除と洗濯かな」

『おっけい』

「基本は対等でね。家計でもなんでも折半しよう。でないと一緒になる意味ない」

『襟らしいな。了解』

やりたいことは沢山(たくさん)あったし、万が一結婚なんぞで足を引っ張られるぐらいなら、今まで通りソロプレイを貫いた方がましだと思っていた。

同時にゲーム画面の方では、目標のモンスターが倒れミッション達成となった。スタッフの血と汗の結晶である華やかなエフェクトと効果音が、二人の前途を祝福するかのようだった。

完璧で対等な折半。それを条件にして、首藤襟は角田襟になった。

四年後の今、思う。

どうしてそんな呪いをかけてしまったのかと――。

＊＊＊

お手数おかけしますが、ご確認よろしくお願いいたします。

（……エンター……）

最後の気力を振り絞って、キーボードの確定キーを押した。

やっと終わった。納品完了だ。

徹夜して描き上げたイラストが、電子の海を泳いでいくのを想像する。

このまま作業デスクに突っ伏して寝てしまいたい誘惑にかられるが、同時に空腹も耐えがたかった。襟は愛用の目薬を差してから、立ち上がった。

すでに夜は明けきっており、窓越しの自然光がハレーションのように目に染みる。

フルデジタルの作画作業は目の酷使と引き換えで、おかげでビタミンサプリと目薬の減りが早い早い。今日でまた一本使い切ったので、買い足しておかなければと思った。

（三十過ぎて徹夜はするなって言うけどさ……）

そもそも設定されたスケジュールが、頑健な男か若者向けの無茶ぶりだったりするのだ。

四畳半の仕事部屋を出て、あくび交じりにリビングへ行くと、出勤前の夫――角田智貴がいた。

目鼻のパーツがことごとく小さい、丸顔の男である。学生時代は『眼鏡(めがね)がないと存在感ゼロ』、『眼鏡が本体』とよくいじられていたものだ。今はその人畜無害な顔を活かしているのか、保険会社の営業マンとして働いている。スーツにネクタイ姿も、だいぶ板についた。

「おー、終わったとこか？」

「まあね。メールは出した……」

「いいじゃん、おつかれ。早いとこ寝たら？」

「んー、今寝たら、たぶん十二時間は起きられない……」

そうすると、納品したファイルに不備があった時に対応できない。できれば先方の受領を確認してから、憂(うれ)いなく倒れ込みたかった。

「なんか食べるものある？」

「これ、バナナと食パンなら。あとコーヒーは、淹れればある」

「いいや、面倒だからバナナとパンだけ貰う……」

ちょうど食卓に出ていた、八枚切り食パンの袋とバナナ一本を引き寄せ、椅子に座る。パンを焼くのもバターを塗るのも煩わしかったので、むいたバナナを丸ごと載せ、半分に折ってかじりついた。

「相変わらず豪快だな」

「ほっといて」

新卒から足かけ七年勤めたゲーム会社を辞めた後、襟は旧姓『首藤えり』の名義で、フリーのイラストレーターをしている。結婚後に移り住んだ埼玉県S市のマンションで、ソーシャルゲームの立ち絵からVチューバーのアバターのデザイン、ライトノベルの挿絵までなんでも描いて暮らしていた。

「そうだ襟。今日は俺、接待で遅くなる予定だから。夕飯は適当に食っててくれるか？」

「……また？」

最近多すぎないかと思う。顔にも出ていたのか、智貴は言い訳がましく続けた。

「しょうがないだろ。今は色々、顔繋がなきゃいけないんだよ。とにかく頼むな！」

そうして椅子の背にかけていたジャケットを羽織り、ビジネス用のリュックを持って出勤してしまった。

異動にともない仕事の仕方が変わったか何か知らないが、智貴の帰りは遅くなる一方だ。平日まともにキッチンに立てないぶん、週末まとめて作り置きなどもしていたようだが、最近はそれもご無沙汰(ぶさた)である。

必然的に襟は、外食や宅配などで食事をすますことになる。嫌なら自分で何か作れと言われるかもしれないが、『料理は俺が担当する』の約束で結婚したのだから、襟がやるのは違うというか、負けた気もするのである。

バナナサンドと呼ぶのもおこがましい食事を終えると、残った皮を捨てにキッチンへ向かった。

生ゴミ処理機(ディスポーザー)のあるシンクを見て、襟は眉をひそめた。

智貴が飲み食いした後の食器や調理器具が、そのまま残っていた。スクランブルエッグの一部がこびりついたままの、プレートや菜箸もだ。

おいおい智貴よ。眼鏡が本体のボクちゃんよ。確かに忙しい時は、食洗機で洗った食器を元に戻すのはやると言ったさ。だが一度譲歩すれば次はこれか？　これぐらいやれって？　下洗いして、食洗機に入れるだけだろうって？

だが繰り返すが、料理は智貴がやると言ったのだ。お片付け含めての食事担当だろう！

「洗えや」

襟は生ゴミ処理機の蓋を開け、バナナの皮を放り込んでスイッチを起動した。

こちらの怒りを代弁するかのように、強力なモーターが唸りをあげて全てを粉砕した。


約束ってなんだろうって、最近思う。

料理は俺が担当するよもそう。続編はあなたが中心よもそう。

マンション十一階、南東向きのリビングは、午前中はかなり明るい日差しが入る。襟はクライアントからの一報を待つ間、家中に掃除機をかけ、シーツと枕カバーの交換をし、洗濯機を回した。

結婚する時に、インテリアはカーテン一つ、ソファ一つ取ってもかなり吟味した。衣食住の食を智貴に任せるぶん、掃除も洗濯も手は抜かずに、忙しくてもちゃんとやっているつもりだ。相手に求める以上は、最低限できて当たり前のことだと思っていた。

洗濯を終えた智貴のワイシャツに、アイロンを全てかけると、待っていたクライアントからようやく連絡がきた。問題なしらしい。

よかった――肩の荷が下りた。

晴れて納品完了を見届けた襟は、安心して洗濯したてのシーツにくるまり、泥のように眠った。

結果は十二時間睡眠どころか、起きたら深夜だった。

(え。ちょっと待って。暗すぎ?)

接待を終えて帰宅した智貴に寝室を開けられ、「ずっと寝てたの? 病気!?」と驚かれたぐらいだ。

「……締め切り明けだと、いくらでも寝られるんだよね……」

「その調子じゃ朝飯からこっち、何も食べてないし買い出しにも行ってないよな……」

ご名答だ。バナナと食パン、それのみである。

キッチンに移動して、智貴が冷蔵庫や食料庫(パントリー)などの扉をあちこち開けた。

「なんもねーなー。備蓄のカップ麺(めん)ぐらいしか。それでいい?」

「うちって非常時なんだ」

「悪い。帰りに買い物してる時間なくてさ」

智貴は湯を沸かし、カップラーメンをテーブルに二個置いて、お湯を注いだ。

「お店でいいもの食べてきたんじゃないの?」

「もてなす側が、腹一杯食えるわけないだろ」

　小馬鹿にするように言われたので、襟は内心むっとした。どうせ襟には、一般的なリーマンの経験は乏しいのである。

　押し黙ったまま三分待ち、できあがるとテーブルに向かい合って、蓋を剝がして麺をすする。

　しかし深夜、空腹の三十路過ぎが無言でカップラーメンをかきこむとは。すこぶる体に悪そうだ。

「智貴」

「なに」

「約束が違うと思う」

　麺は食べてもスープは理性で残し、襟はここまで溜めていたことを訴えた。

「結婚する時、決めたよね。生活費は同額家に入れる。智貴が食事担当で、私は掃除と洗濯担当。私は守ってるつもりだけど、今の智貴は、ちゃんと分担をこなしてるって胸張って言える？」

　智貴は、醬油とんこつ味のスープにも手を伸ばしていた。太らない自信があるのだろうか。ただ箸とカップを持ったまま固まっている。

「……そりゃ、胸張ってとまでは言えないかもしれないけどさ。今は仕事が立て込んでるから勘弁してよ」

「忙しいのは、仕事だけ？　違うよね。休みの日は休みの日で、自転車乗りに行っちゃうじゃない。あの恥ずかしい全身タイツみたいなパンツ穿いて」

「全身タイツじゃなくて、サイクルジャージ！　おまえ『弱虫ペダル』の薄い本も作ったことあるくせに、よく言うな」

「創作と現実を混同するほど堕ちちゃいない」

そう。この男、何を思ったか会社の先輩に誘われて自転車趣味に染まりはじめたのだ。最初はつきあいだなんだと言っていたが、今では自前のロードバイクを購入し、休みのたびに遠征して沼もいいところである。骨の髄までインドア思考のオタクのくせに、何をいきなり目覚めたんだと思う。

今も一階の駐輪場には置けないという、お高いロードバイクが玄関を圧迫しており、襟は通るたびに袖か何かをひっかけそうになる。

「遊ぶのは智貴の勝手だけど、やることはちゃんとやってからにしてよ」

「うん……まあ、それはそうだよな……」

ひさしぶりに正面から詰めた形で、智貴もうなだれてさすがに反省したようだった。

「わかったならいい。約束忘れたのかと思って、悲しかっただけ」

「なら襟。俺が家事代行サービス頼むのはあり？」

「へ？」

　思わず変な声が出た。

「家事……代行サービス？」

「そう。『KAJINANA』って言ってたかな。先輩夫婦が使ってて、けっこういいらしいんだよ。スポットで頼めて、料理なんかも下ごしらえだけとか、平日分の作り置きとか、家に合わせてやってくれるんだって。俺のノルマは、そこで補塡するって形でどう？」

　まるで考えていなかった提案に、今度は襟が戸惑った。

　てっきり趣味の遠征を減らすか、残業をおさえる方向で調整してくれると思っていたのだ。

　まさか外注に投げるとは――。

「……ええっと、質問がある。お金は……」

「俺がやれないぶんを頼むんだから、もちろん俺の財布から出すよ。決まってるだろ」

「でも、こういうのって、やってもらう時に立ち会いとか必要なんじゃないの？　智貴、その時は家にいるの？」

「い、いやそこはほら、襟に鍵だけ開けてもらう感じでさ……」

「うわずるっ」

心の底からせこすぎる。

「頼むよー、襟さん。どっちにしたって、家で仕事はするんだろ？　俺は襟と違って、逆立ちしても在宅勤務なんてできないんだよ」

猫なで声で懇願されてしまうと、襟としても弱かった。

お互い正社員だったはずなのに、結婚二年目で会社を辞めて、フリーになったのは襟の方だ。独身だったらやらなかったとまでは言わないが、独立までのハードルは、一人の時より低めだったかもしれない。そういう意味での、借りというか負い目のようなものはある。

もちろん現状に甘えないよう、生活費の支払いも含めて折半の約束は死守している。しかし、それだけでこの借りがチャラになるかは微妙だった。

「なんなら襟のノルマの家事も、一個ぐらい一緒に頼んでやるよ。これなら襟にとっても悪くないだろ？」

「……わかった」

そこまで言うなら、智貴の好きにすればいいと思った。

もやもやと腑に落ちないところはあるが、仕方が無い。

「よっし。決まりだ」

しかしこうも簡単に外注する道を選ぶとは、智貴が異動にともない出世したというのは、本当かもしれない。

――私だって辞めたくなかった。などと言っても、きっと詮無きことなのだろう。

そして数日後、智貴は本当に『KAJINANA』なる家事代行サービスと契約をし、週末にはスタッフが来ることになった。

「……えーっとそれじゃ襟、二時頃に来るって言うから……」

「ドアを開ければいいのね」

「最初と終わりだけ、立ち会ってくれればいいはずだから」

「いいから早く行きなよ。みんな待ってるんでしょ」

「へへ。じゃ、行って来ます」

智貴は、ピタピタのサイクルジャージにヘルメットをかぶり、玄関を占領するロードバイクをかついで嬉しそうに家を出ていった。

おまえは三十二歳のおっさんだろう。今さら小野田坂道になる気かとは言うまい。虚構の設定に現実を持ち込むのは襟の流儀に反するし、やることをやっていれば後は本人の自由のはずなのだ。

どちらにしても、今日の襟は一日仕事だ。届いたライトノベルの原稿を読み込み、キャラクターのデザインを起こさないといけない。

智貴もいないので、大きなマグにカフェオレを入れて、リビングのソファでゆっくりのんびり読もうと思った。

キッチンでインスタントコーヒーの準備をしていると、ふとカウンター越しにリビングの乱雑さが気になった。

思わずソファに置いてあったクッション類を並べ直し、智貴の自転車のパーツ——なぜ車輪が家の中にあるのだこの野郎——を寝室へ移動させ、床にフローリングワイパーをかけ直してしまった。

(……いやだって、人様が来るって言うならさ)

これから家事をしてもらうのかもしれないが、あまり小汚いのは襟としても恥ずかしいのだ。

思わず根を詰めて掃除をしそうになり、そんなことをしている場合じゃないと仕事に戻った。

原稿は大抵メールで受け取って、タブレットで読むことが多い。まずは文中で容姿や服装の描写がある箇所をメモに取り、特にない人物なども文脈を読んでイメージをふくらませる。

間に簡単な昼食を挟み、午後も集中してメモを取っていたら、インターホンが鳴った。

（来た）

午後二時ぴったり。家事代行サービスの人だ。

襟はタブレットを置いて、リビング入り口のインターホンに取りついた。

一階エントランスに繋がるモニターには、襟よりいくらか年下ぐらいの女性が映っていた。

「はい……」

『こんにちは！　KAJINANAの石狩です』

スピーカー越しにも聞き取りやすい、はきはきと明るい声だ。

流れでオートロックを解除し、襟の家まで上がってきてもらった。

あらためて目の前に現れた女性は、ざっくり見積もって身長一七〇センチ弱と、女性にしては背が高かった。

こしのあるセミロングの髪を一つにまとめ、薄手のウィンドブレーカーにポロシャツにチノパンというスポーティーな格好でも、貧相な印象がまったくない。きっと顔立ちが整った男顔な上に、肩幅がしっかりしていて腰の位置が高いからだなと、絵描き目線で特徴を分析する自分がいた。宝塚（たからづか）や女子校で大モテするタイプだ。

（智貴、顔で選んだか？）

違うか。あいつの好みはロリ系長寿エルフだ。

どちらにしろ、家事をしに来てファンデや香水の匂いをぷんぷんさせる人じゃなくてよかったと思った。

「角田様の奥様ですね。あらためまして、石狩と申します。本日はよろしくお願いいたします」

女性は玄関で、丁寧な挨拶（あいさつ）とともに名刺を差し出した。爪は短く整えられ、ネイルの気配はなし。

「石狩……七穂さん」

「はい。ご要望に添うよう、精一杯務めさせていただきます」

「こちらこそ。スリッパはそこに……」

「いえ、持参してますのでお気遣いなく。お邪魔いたしますね」

さっと手持ちの携帯スリッパを取り出して履き、玄関から室内に上がり込んだ。

――自分はお客ではないということか。こちらの方が使い慣れていないのが丸わかりで、なんだか恥ずかしかった。

廊下からリビングへ進んだところで、七穂は弾んだ声をあげた。

「景色もいいし、この大きな本棚！　素敵ですね」

「……お互い物持ちがいいんで、昔の漫画とか画集とか捨てられないんですよ。ゲームもするんでネットカフェかって言われます」

「インテリアはこういうの、アメリカンヴィンテージって言うんですか？　路地裏のブックカフェにありそうですよね。店主のセレクトだけ並んでそうな。つまりすごく統一感があって、綺麗に片付いてるってことなんですが」

「掃除はまめにやることにしてるんです。できてないのは旦那の料理の方です」

「なるほどですね。了解です」

察したように七穂は笑った。

「あらためて確認いたしますが、本日は夕食の作製と、冷凍の作り置きおかず二人前を二日分、追加でベランダの窓拭きでよろしいですか」

「はい。そういう注文だと聞いています」

最後の窓拭きは、智貴が襟の希望を聞いて入れてくれたものだろう。先日の台風でかなり窓が汚れたから、掃除したいと思いつつなかなか手が出なかったのだ。

小柄な襟では届かない箇所も、このすらりとした七穂なら楽に拭けそうだ。

「調理器具やお掃除道具は、ご自宅にある道具を使わせていただくことになっています。窓拭きなんですが、古新聞などは取ってありますか？　あれで磨くと、かなり綺麗になるんですけど」

「いえ、新聞は取ってないので……」

「最近はそうですよねえ。なら重曹か、セスキ炭酸ソーダはありますか？」

「染み取り用のセスキなら、確か洗面台の下に……」

「よかった。あとは冷蔵庫の中身を拝見しますね……ふんふん。これから買い出しに、二十分だけお時間いただいてもよろしいですか？」

「それは別に構わないと思います……」

「承知しました。じゃ、ちょっと行ってきます」

七穂はさっそく回れ右をして、部屋を出ていった。

そしてきっかり二十分後、一階エントランスから呼び出しがかかり、部屋に戻ってきた七穂は、手に生鮮スーパーのビニール袋をさげていた。

あのスーパーは安くて品揃え（しなぞろ）はいいものの、ここからわかりにくい場所にある上、どんなに急いでも片道五分以上はかかる。買い物時間を含めれば、余裕はほとんどなかったはずだ。

「お店の場所、すぐにわかりましたか」

「はい。来る時チェックしたので。それじゃ始めますね」

七穂は持参のエプロンと三角巾とマスクをつけ、手洗いをしてからキッチンに立った。

まずは米を炊飯器にセットして、炊飯開始。それから玉ネギ、キャベツ、人参などを野菜炒めサイズにどんどん刻んでいく。

続けてロールタイプのトレーシングペーパーをケースから引き出し――。

(違う。オーブンシートだ)

紙をシリコン樹脂で加工して、熱や水、油脂への耐性を持たせたものらしい。智貴が大型の冷凍ピザを焼く時、アルミホイルのかわりに使っていたのを思い出した。

そのオーブンシートを正方形に切って二枚用意し、それぞれまな板の上に広げた。そこに刻んだ野菜、小分けにしたしめじを載せ、塩コショウした秋鮭(あきざけ)の切り身も一番上に載せた。

ここで今度は、味付けのタレ作りに入るようだ。

(味噌、酒、砂糖とみりん……)

よく混ぜ合わせて、野菜と鮭の上に回しかける。

最後はカットバターを一個ずつセットし、オーブンシートの両端を持って二回折り込むと、余った部分をねじってとめた。

見たところ、鮭と野菜入りのキャンディーのようなものができあがった。

「……これはどうするんですか?」

「これですか?　この後、鮭のちゃんちゃん焼き風になる予定です。もう一品行きますね」

キャンディーをいったん冷蔵庫へ入れると、七穂は二品目に取りかかった。

残っていた玉ネギを今度はみじん切りにし、フライパンで炒めはじめる。

「角田様。木べらはありますか？」

「――え、木べら？　えっと……たぶんここに」

「ありがとうございます。使わせていただきますね」

基本、キッチンは智貴の領域なのだ。ちゃんと答えられて良かったと胸をなでおろす。

大きめのボウルを用意し、合い挽きミンチに塩を入れて捏ね、粘りが出てきたところで炒めた玉ネギ、パン粉に牛乳、卵、コショウとナツメグなどのスパイスを入れてさらに捏ねる。

（ハンバーグ……か何か？）

タネを楕円にまとめるところまではそう思っていたのだが、さらにキャベツを剝がしてレンジ加熱でやわらかくし、茎を削いでタネを巻き込んでいくので、どうもロールキャベツのようだと気がついた。

楊枝でとめたものが四つできたところで、鍋に隙間なく詰め、トマトジュースやひたひたの水、塩とバター一かけなどを投入し、火にかける。

（……っていうか、なんで私、ずっと立って見てるの？）

　ふと我に返った。

　まるで実況動画を見守るような気持ちで、ずっと後ろに立ってしまっていたが、必要はまったくない気がする。

　智貴は始めと終わりだけ、立ち会ってくれればいいと言っていたのだから。

「あの……すみません、石狩さん。ちょっといいですか」

「はい、なんでしょうか」

「部屋で仕事していても大丈夫ですか？」

「もちろん！　全然構わないですよ。終わりましたらお呼びしますので」

　許可が出たので、多少は後ろ髪をひかれながら、キッチンを離れた。

　モノが一からできあがっていくのを見守るのは興味深かったが、こちらも仕事をしなければならないのだ。リビングで作業するのも落ち着かないので、仕事部屋に移動して続きの原稿を読んだ。

　一通り目を通し、まずはヒーローとヒロインのイメージを落書き風に描き殴っていたら、扉がノックされた。

「角田様。終わりました！」

　――七穂の声だ。もうそんな時間なのかと思った。

デスクの上を慌てて片付け、ドアを開けた。

「お手数ですが、確認をお願いできますか」

それぐらいは問題ない。七穂の後についてリビングへ移動する。

まず入るなり、部屋が妙に綺麗になっている気がして驚いた。いいや、そんなはずはないだろうと目をこする。リビングの掃除など頼んでいないはずなのだから。

よくよく見れば物の配置は以前のままで、変わったのは――。

(窓)

ベランダに面した、四面の掃き出し窓だ。これが磨きあげられているおかげで、部屋の中が明るく見えたのである。

近づいてみても、ガラスには曇り一つない。

「ピカピカ……」

「角田様がまめにお掃除してらっしゃるから、ちょっとこするだけですぐ綺麗になりましたよ」

「これは、洗剤とかを使って?」

「先ほどお願いした、セスキ炭酸ソーダを小さじ一杯だけですね。五〇〇ccの水に溶いて、全体にスプレーしてスポンジで軽くごしごし。あとはスクイジーで水を切って、から拭きしたらご覧の通り。できあがりです」

全部、今家にあるものではないか。

（うちの窓、こんなに透明だったんだ……）

思わず指紋をつけるのもためらってしまう。

今まで自分は、窓の窓としてのポテンシャルを引き出せていなかったのかもしれない。申し訳ない。そんな気持ちになった。

「しゅわしゅわして汚れを浮かせるものがいいんで、無糖の安い炭酸なんかでも代わりになりますよ」

「それも冷蔵庫に入ってました。ハイボール作るの好きなんで」

「冷蔵庫。そうです、冷蔵庫！　お料理のご説明もしたいんで、ちょっといいですか」

独特な繋がり方をさせる人である。

七穂は冷蔵庫の、冷凍コーナーを開けた。

オーブンシートの包みが四つ、口を縛ったポリ袋にそれぞれ入っていた。

付箋に今日の日付と、『鮭のちゃんちゃん焼き風』『ロールキャベツ・トマト味』とそれぞれ書いてあった。

「冷凍のおかずが二品、お二人分あります。食べる時はポリ袋から出して、お皿に載せてからレンジで五、六分温めてください」

「あのロールキャベツも、あの後紙に包んだんですか?」

「はい、そうです。オーブンシートで包んで温めると、いい感じに蒸気を逃がしてくれて、ラップで加熱するより水が出なくておいしいんですよ」

なるほど。そんな違いがあるとは知らなかった。

「あと、これはすごく重要なんですが、お皿が汚れないから洗うのが楽です」

「……重要ですね」

七穂は「でしょう?」と、いたずらっぽく笑った。意外に可愛い笑い方をするんだ。

「これは冷凍で日持ちするので、明日以降に召し上がってください。で、今日のお夕飯の説明です」

いったん冷凍コーナーを閉める。

「ご飯はあちらに炊いてありまして、お汁のスープはそこのお鍋に。メインディッシュなんですが――」

今度は上段の、冷蔵コーナーを開けた。

棚の上に皿が二枚、小鉢が二つ。どちらもラップがかかっている。

「お皿の方には、メインが盛り付け済みです。メインはアルミホイルに包んであるんで、食べる時に一回取り出してください」

「今度はオーブンシートじゃなくて、アルミホイルなんですね」

「ええ、そうですね。これはレンジの温め直しじゃなくて、魚焼きグリルで最終的に仕上げる感じなんです。中身はハンバーグなんで」

我ながら細かい突っ込みだと思ったが、七穂は特に気にしていないようだ。

いわく、フライパンでハンバーグの本体に火を通した後、付け合わせやソースと一緒にホイルに包み直したらしい。

「ハンバーグはレンジだと急に温まりすぎるので、パサつかずに加熱するの難しいんですよね。今回は食べる直前に、予熱したグリルでホイルごと十分ぐらい蒸し焼きにしてみてください。中に仕込んだチーズがやわらかくなる上に、肉汁なんかも逃げにくいです」

「なるほど……」

原理だけなら理解できる。できあがりの熱々具合が想像できて、思わず唾を飲み込みそうになった。

「ハンバーグソースは、今回マスタード風味にしてみました。フライパンに残った肉汁に、赤ワインと粒マスタード、ケチャップとウスターソースと蜂蜜なんかを入れて煮詰めるんです。あと何か、わかりにくい点はありますか？」

「いえ、大丈夫だと思います」

説明は丁寧すぎるぐらいだったし、七穂は料理ごとに、加熱時間もワット数もきちんとメモに残してくれていた。恐らく困ることはないだろう。

七穂は腕の時計を確かめてから、あらたまって背筋を伸ばした。

「それでは本日のサービスは、全て終了となります。どうぞお二人のお口に合いますように」

時間はきっかり、契約終了の時刻になっていた。

エプロンと三角巾を取った七穂が、荷物をまとめてマンションを出ていく。

玄関先まで見送った襟は、鍵を閉めてまた戻ってきた。

カウンターに置いた、彼女の名刺が目にとまる。

（『KAJINANA』の、石狩七穂さん……）

キッチンはあれだけの料理を作った後とは思えぬほど、全ての調理器具は元の位置に戻され、シンクは水滴一つ落ちていなかった。

後片付けの時間まで、計算して作業を進めていたのだろう。

「……プロだわ」

若いのにすごいと思う。

日が暮れてから、ロングライドを堪能した智貴が家に帰ってきた。ヘルメットと汗臭いジャージを脱ぐ前に、開口一番彼は聞いてきた。

「どうだった、家事代行」

「悪い感じの人ではなかったと思う」

「おお。襟がそう言うってことは、けっこう当たりだな」

「料理は味見したわけじゃないから、おいしいかはわからない」

意外と見かけ倒しで、激まずというオチかもしれない。智貴が笑った。

「それもそうだな。じゃ、早く試してみるか」

風呂にも入って着替えた智貴が、冷蔵庫に入っていた夕食を取り出し、指定通りに準備を進めた。

「――どう、できた？」

「ああ。とりあえず仕上がってはいるっぽい」

食卓には、すでにご飯とスープ、そして副菜の小鉢が出ていた。

最後にメインを載せた皿が、襟と智貴の席に運ばれる。

重なるアルミホイルをそっと外すと、焦げ目も適度についた、思いのほかボリュームたっぷりの、じゅうじゅうとまだ音をたてるハンバーグステーキが現れた。

「うはは。うまそう」

「智貴。お箸忘れてる」

今すぐ丸かじりしそうな勢いの智貴に、文明の利器をそっと差し出す。

襟も遅ればせながら食べることにした。七穂はチーズが溶けると言っていたが、中でとろけていたのは贅沢にもカマンベールチーズであった。赤茶色のソースがかかったハンバーグの真ん中に箸を入れると、そのまま割れる程度にはやわらかい。断面からじわりと、透明な肉汁がにじんでこぼれた。

味は――。

「……ん」

「これ……いける！」

智貴の言葉に、まるっと同意だ。

焼き目は適度に香ばしく、中はふっくらとしてジューシーだ。肉の素材そのものの味もしっかり感じられる。濃厚なカマンベールチーズと、甘酸っぱいマスタードソースの相性も憎いぐらいで、付け合わせのネギやピーマンなどと絡めて食べると箸が止まらない感があった。

「俺さあ……常々思ってることがあって。ほんと納得できないんだけど」

「どうしたのいきなり」

「ハンバーグってせっかく作っても温め直すと、大抵なんか残念になるんだよな。冷めてまた加熱してってやってる間に、汁が全部出切るっつーか。後は消化試合的な味に」

「そうなの？」

「そうなんよ」

　特に気にしたこともなかった。

「かと言ってレンチン系のレトルトや冷食は、唐揚げなんかもそうだけど、表面のぱりっと感がないっしょ。みんなしっとりしちまうの。平日や遠征の後に、一からひき肉捏ねて作ってる暇はないし、時短するなら焼く前の成形済みのを買って、フライパンで即焼くぐらいしか解決法はないって思ってたんだけどな……これ、昼間に焼いて温め直したものなんだよな。何が違うんだか」

「うん。なんか石狩さんが言ってたけど、レンジだと急に温まりすぎて、パサつきやすいみたい。これはできあがったものをホイルで包んで、グリルでゆっくり蒸し焼きにするからいいんだって。チーズや付け合わせも一緒に焼けるし」

「なるほど、それかあ！　頭いいわ」

　腹落ちしたとばかりに智貴が手を叩いた。ふだんから料理担当の彼には、より通じるものがあったようだ。

　そもそもここまでハンバーグにこだわって、一家言がある男だとも知らなかった。思えば結婚してから、食卓にハンバーグが出てきたのは何回だったろう。むしろこだわりがあるから、登場しなかったのだろうか。

　ホイルに包まれていた野菜の他に、茹でたブロッコリーだけが小鉢に入っていた。

そっけないほど地味な見た目だが――。

さっぱりしてこりこりだ。重たいメインの口直しにぴったりである。

（これもおいしい）

「……智貴。私、これ好きかも」

「ブロッコリーか。確かにあっさり好きの襟にはいいか」

「マヨネーズとかつけなくても、ちゃんと味ついてる」

「塩とオリーブオイル……だけじゃないな。昆布系のうまみ成分……襟、『KAJI NANA』の人なんて言ってた？」

「それは知らない。説明されてないから」

「だーもーつかえねえな」

智貴はすっかり味を推理する顔で、自分のおかずを箸でつついている。

総じて言うなら、石狩七穂の料理はメインはもちろん、当日出た端野菜で作ったであろう、具だくさんのコンソメスープにいたるまでおいしかった。

智貴が偉そうに分析していたが、その場で作っているだけあり、具材は大きく切って食べ応えを出し、焼きたて、できたてが一番満足感が出るメニューなら、食卓に出す再加熱で初めて完成するよう、下ごしらえを工夫してくれているのではないかとのことだ。

それは冷凍庫に入っていた、オーブンシートのおかずたちも同様だった。

後日智貴の仕事が忙しい時に、レンジで加熱して食べてみたが、生のまま冷凍した『鮭のちゃんちゃん焼き風』は、蒸気で身がパサつかずふっくらと火が通っており、バターと甘味噌が野菜と切り身全体に絡んで、できたての味が楽しめた。

トマトジュースで煮込んでいた、ロールキャベツもそうだ。握り拳(こぶし)ぐらいありそうなサイズのロールキャベツが、オーブンシートの中にごろっと入っていた。温め直してもソースが薄まっておらず、非常に濃厚。ロールキャベツが肉料理であることを知らしめる、充実の食べ応えだった。

今もナイフとフォークでロールキャベツを切り分けながら、何より智貴が大喜びしている。

「これはいいんじゃないか？　週の半分、熱々で手のこんだ飯があるなら、あとは適当でも乗り切れるってもんだよな」

いや待って。それなら智貴、あなた何もしないってことじゃないの。

思わず突っ込みそうになったが、ぎりぎりでやめた。

そういうことではないのだ。襟に義務を果たせと求められ、智貴は自分の手を動かすかわりに外注を選んだのだ。この温かい食事は、智貴が作ったのと同じだ。そう思わないといけない。家事『代行』サービスなのだから。

（でもなんかそれって……）

またた。名前のつかないもやもやで、胸がつかえるようなこの違和感。

「襟も忙しい時は、頼んだらどうだ？」

「私は……いいよ。気晴らしに洗濯したいタイプだから」

「それも変わってるよな」

智貴は笑う。襟の言葉を疑いもしない。

襟は食べ終えたオーブンシートの器を、汁をこぼさないよう小さくした。

確かに七穂が言っていた通り、ホイルやペーパーで温め直すと皿が汚れなくてよい。食洗機にも入れやすい。それだけは事実だ。

フリーになってから、襟が引き受ける仕事の幅は増えた。増やさざるをえなかったともいう。

「……え？　延びるんですか？」

『そうなんですよー。オム林先生の原稿が、なかなか上がらなくて。ほんとすみません！』

電話口の女性担当者は、声だけはいつもながら悲痛そうだった。

そう、別に初めてのことではない。

（メールじゃなくて電話で話したいって言うから、嫌な予感したけど……）

舌打ちしたいのをこらえつつ、とにかく事態の把握につとめることにした。

「完成原稿じゃなくても、私やりますよ。プロットと序盤の雰囲気さえわかれば、表紙だけでも先行して」

『いやあ……それもちょっとっていうか。先生も色々悩んでいるみたいで。新章ですし、がらっと変えたいともおっしゃってて』

これは……そもそもまったく目処がたってないな、と襟は思った。

一昨年からイラストを担当しているライトノベルで、元はＷｅｂ小説を書籍化したものだ。投稿サイトに上がっていたぶんは順調に発行され、それからやや更新頻度が下がりつつもなんとか書きたまったぶんを今年の初めに一冊、それからは——完全に更新停止中だ。

編集部の方では、書き下ろしで出していこうという気はあるらしく、イラスト担当の襟の予定だけは、早め早めでおさえてくる。しかし肝心の原稿が、その予定通りには上がってこない。こちらは完全に待機損になる。

「で、どれぐらい後ろ倒しになるんですか」

『色々諸処調整しまして、春頃の発売を目指していて……首藤さんのご予定は……どんな感じになってますか？』

探るような言い回し。二度あることは、三度あると思った方がいい。また流れる可能性は、充分あった。

「……確認しますので、折り返しお返事する形でよろしいでしょうか」

『はいっ、それはもちろん。お待ちしてます』

露骨にほっとした声出すんじゃないよと思う。まだなんにも決まっちゃいないだろうに。

これの予定とかち合うからと、蹴った依頼もあったのだ。こんなことなら、断らずに引き受けておけばよかったと思った。

しかし予定通りこちらの原稿が上がってきたら、同時に二件は無理だった。仕方がないとはいえ、悔しいものは悔しい。

『ほんと、首藤さんにはご心配おかけして申し訳ないです。オム林先生、首藤さんに表紙描いてもらえるって、すごい喜んでらしたんですよ。ホムラの無印が大好きだから』

「それはどうも……」

『じゃ、お返事お待ちしております』

襟は電話を切った。

頭をかきむしりたくなる。

（あーもう）

好きならもうちょいやる気を出してくれ、オム林。それとも完全に担当のリップサービスで、実際はできあがりにがっかりして筆がのらないのか？

ともあれ今月やるべきことが、いきなりなくなった形だった。入るはずだった原稿料も、当然そのぶん後ろ倒しだ。

シリーズ物の挿絵は、コンスタントに一定量の仕事が来るのでおいしかったが、こうなるといつ爆発するかわからない不発弾も同然だった。コミカライズで多少のキャラクターデザイン料が入るが、微々たる額だ。先月引き受けた新作は、まだ発売前で続刊するかも不明である。

水面下で動いているソーシャルゲームの企画もあるにはあるが、これも形になるのは来年以降。単発で引き受けた一般企業案件、どれだけ次に繋がるかはわからない――。

（弱いな）

不安定だった。何も確かなものがない。

胃がむかむかしてくる。最近はちょっとトラブると、すぐにこれだ。襟は気持ちを落ち着かせようと、仕事道具だらけの仕事部屋を出た。

リビングに行くと、キッチンで料理を作る石狩七穂の姿が見えた。

智貴はあれから週一のペースで家事代行を頼んでおり、彼女の姿もだいぶ見慣れたと思う。今日の夕飯はグラタンだと言っていたか。ホワイトソースから手作りしているのか、粉とバターが混ざるこっくりした香りがこちらにまで漂ってくる。

食べられるだろうか。七穂が作ったのなら、味はいいだろう。

七穂は鍋の前に立ちながら、襟を見つけてマスクの目元をほころばせた。

「休憩ですか？　お茶とか飲まれますか？」

「そうじゃなくて……棚の整理でもしようと思って」

「すごい、神です。お仕事の隙間時間で整理整頓って、思ってもなかなかできないですよ」

その仕事の手が急に空いたから、せめて家のことでもやらないと落ち着かないだけだとは言えなかった。

適当な収納の扉を開け、中に入れてある雑多なファイル類をいくつかテーブルに移動させる。

（ほんと、すぐごちゃごちゃになるんだから）

期限が切れた家電の保証書や説明書を選り分けたり、寿司やピザのチラシを更新したり。ただ手を動かしていれば進む単純作業が、今は心地いいのだ。

「書類関係とかは、ポケットファイルに綴じるのもいいですけど、クリアファイルに投げ込むのもお勧めですよ」

「……何が違うの？」

「コツは、クリアファイル一に書類一を厳守することですかね。どんな分厚いのでも、小さいものでも、かならず一対一。で、使ったら一番右側に戻す。そうするとよく使うものが右側に集まって、古いものが左側に追いやられます。期限切れやいらないものを整理する時に、すごく楽な考え方です」

そう言われると、悪くない案に思えた。

実際今、家電やマンション設備の説明書を保存するのに使っているのは、台紙入りのビニールポケットを綴じたリングファイルだが、智貴などは見た後ポケットに戻すのが面倒なのか、ファイルの後ろなどにどんどん挟み込んでしまうのだ。

「これ、クローゼットの服でも同じようにできます。意外と着てない服あるんだって発見できますよ」

「石狩さんって、けっこう手の内を明かしますよね」

つい口をついた疑問に、七穂は目を丸くした。

「手の内……と言いますと」

「掃除や片付けのコツとか、料理に使うものとか。わりと惜しげもなく教えてくれる印象があるんですけど。こういうのって、企業秘密だったりしないんですか？」

客がコツを覚えて、自分が呼ばれなくなる不安はないのだろうか。

七穂は小さく首をかしげた。

「うーん……企業秘密というか……教えるのはあくまでやり方ですし……覚えてその方が楽になるんでしたら、お役に立ててラッキーですよ」

「立派ですね」

「お得感があるって、大事だと思うんですよ何事も」

七穂は以前、『ＫＡＪＩＮＡＮＡ』は完全に七穂一人で回しているサービスだと言っていた。ある日思い立って起業したらしい。自分よりも年下で。それでこの余裕は羨ましかった。

整理しかけのファイルを前に、襟はまたも胸のむかつきを覚え唇を噛んだ。

智貴が自分の家事を外注すると言いだした時の、心が晴れないもやもやとした気持ち。今なら説明できるかもしれない。

「石狩さん。私ね……夫と結婚した時は、『完璧で対等な折半』なんて、簡単にできると思ってたの。なんにも疑問に思わなかった」

自分がキャラクターデザインを手がけた『ホムラの大君』が売れ、続編も当然のように襟が担当できると聞かされていた。しかし蓋を開けてみれば、ディレクター一人を除いて開発に関わった人間はほぼ別班に回され、名前だけは知られたなんの関わりもない人たちで続編は制作されることになった。

もともとが社内コンペ発の、ゲリラ的な企画だった。それが思っていたよりも売れた。上層部は欲が出たのだろう。続編をより広く売るために、ろくな実績もない若手の襟たちより、ネームバリューのある主力チームをあてがおうとしたのだ。

結果的にできあがったのが、死体を繋ぎ合わせて無理やり踊らせたようなグロテスクなものになったのは、笑い話かもしれない。ただ、これをきっかけにした上層部への不信はあった。周囲の人間も、襟は怒るべきだしその権利はあると言った。独立したら仕事は回すと明言した関係者は、社内にも社外にもそこそこいたのだ。だから周囲に背中を押される形で辞めた。

襟以外の第一作の開発スタッフも、みな似たような経緯で転職したり独立したりしたと聞く。

(本当は持てあまされてたのかもね。たった一本当てただけで、勘違いして天狗になった奴って)

実際にフリーになってみて、自分の仕事がいかに大手の看板に下駄をはかせてもらっていたか、痛感しているところだ。

毎日休みなく仕事を詰め込んで、それでも安心できない。案件が一つなくなると、不安でいてもたってもいられなくなる焦燥感は、会社勤めでいた頃には味わったことがないものだった。

だから今は、退屈そうに見えていた智貴の安定が、羨ましくて仕方ない。

「いざ独立したら仕事は不安定もいいとこで、夫があっさり出せる代行のお金も、私にとっては回収できるかわからない贅沢だって、たぶん彼は知らないのよ。知ってほしいとも思わないけど。ごめんなさい、ちゃんとうまくいってるあなたにこんな愚痴言って」

「そんなことないです」

七穂の立場では、そう言うしかないだろう。本当にどうかしている。

「私は色々飽きっぽくて、いわゆる普通でわかりやすい道を進むことが、どうしてもできそうにないから、人に勧められて『ＫＡＪＩＮＡＮＡ』を始めたんです。これしかないって思うから、逃げずにすんでるところはあります」

浮かべた七穂の笑みは、思った以上に苦いものだった。

「いまだに親は家事代行なんてしてないで、一秒でも早く一般企業に就職しろって嫌み言ってくるし、口ゲンカで頭ガーッてなったりもしますよ」

「それはしんどいわね」

「本当に」

ずっと完璧で隙がないと思っていた彼女にも、悩みはあったのだ。もがいてもいる。初めて素の感情に触れたような気もした。

「そういう時は、どうしてるの？」

「悔しい気持ちは、まあつきあってる人に聞いてもらってます。ねえ角田様、旦那様には知ってほしくないっておっしゃいますけど、できるなら打ち明けた方がよくないですか？　不安な気持ちや、辛い時の愚痴も聞いてくださらない方なんですか？」

襟は言葉に窮してしまった。

はっきり言うと、よくわからなかった。

智貴とは、最初からそういうつきあい方ではなかったのだ。趣味友、あるいは戦友、相棒や腐れ縁の延長のような。

「どう……なのかな。弱みを見せるような関係って、なったことなくて」

「信じてみる時なのかもしれませんよ」

信じる。

甘くて夢にあふれた言葉だと思った。チープ、陳腐とも言う。

でも確かにそうなのかもしれない。

一緒に暮らしていても孤独を感じるようなら、どの道この先に未来はないのだから。

「智貴。近いうちにどこかで、定時で上がれる日ある？」

七穂が作っていったカボチャのグラタンを、オーブントースターに入れて焼き目がつくのを待つ間、襟は思い切って聞いてみた。

ソファで次の輪行場所を調べていた智貴が、顔を上げた。

「なに？　どうかした？」

「映画観に行きたくて。『ヘブンズエデン』の最終章」

襟たちの学生時代に大流行したアニメである。高校の頃にテレビ放送され、その後何度か劇場版が制作された。

メディアミックスも大量に出たが、ゲーム版の出来があまりに良かったから、襟はあの会社に入ったと言っても過言ではない。

智貴が、いかにもからかう調子で笑った。

「へえ、観るんだ襟。前の劇場版でブチキレて、自分の中の『ヘブンズエデン』はゲームとテレビの十二話で終わったとか言ってなかった？」

「言ったけど。今でも納得は全然いってないけど。でもこれが本当のラストかって思ったらさ、気になるでしょ」

最初の劇場版の時は、まだ襟も学生だった。その次は社会人になりたて。どちらも観に行ったのは智貴とだ。映画館を出るなり近くのマックに駆け込んで、ああでもないこうでもないと考察と感想を語り合ったのを覚えている。

この最終章が出るまで、監督も産みの苦しみがあったと聞く。おおっぴらには言えない大人の事情やいさかいも。近い業界に足を突っ込んでしまった襟としては、変に共感して同情してしまうのが心配だ。

でも今だけは頭をまっさらにして、あの頃と同じように作品を鑑賞したいと思っていた。できれば智貴と一緒にだ。

「わかった。なら火曜でどう？」

「問題なし。智貴の会社の近くで、席二つおさえておくね」

「ひさしぶりだなー、映画館まで行って映画観んの。しかもアニメだよ」

最近すっかり自転車にはまって脱オタ著しい智貴は、ただでさえ小さな目を、懐かしそうに細めている。

「あ、でも襟の原稿は？　締め切りとか大丈夫なのか？」

「……今月はちょっと楽できそうなの」

「珍しいな」

「そう。だから今のうちにね」

＊＊＊

週明けの火曜日、午後七時からの回を二席予約した。

当日はシネコンのロビーに現地集合にして、会社帰りの智貴と一緒に、パンフレットも買って中に入った。

「ネタバレ踏みたくなくてさ、しばらくネット絶ちしてた」

「私も」

「にしても、満員御礼だな」

「ほんと……チケット買う時も、残席ぎりぎりだったんだよね……」

おかげで取れた座席も、スクリーンに近すぎてベストポジションとは言いがたい。

智貴と一緒に館内を見回すと、都心のビジネス街に近いという立地を横に置いても、スーツ姿の男性が多かった。

みんな今を必死に生きつつ、あの頃の忘れ物を取りにきたのかもしれない。そう思うと、どんなくたびれた感じの人でも愛おしく見えてくる。

(同志諸君。よくぞ生き残った)

やがて館内の照明が消えた。

怖いような楽しみなような、この独特な瞬間が好きだ。

さあ、現実(リアル)を忘れよう。心を研ぎ澄ませ。魔法の時間の始まりだ――。


鑑賞のポリシーとしてエンドロールの最後の一行まで見守り、館内の照明が復活してから、席を立った。

公式の発表では、上映時間は百十分だという話だった。

(百十？　あれが？　嘘(うそ)でしょ)

流れに従って出口へ向かい、きらびやかなロビーも出て、とっぷり暗くなった繁華街の大通りにファーストフード店の看板を見つけると、一も二もなくそちらへ移動した。ここまで襟も智貴も、ほぼ無言だった。お互い変な電波を受信というか、暗黙の了解的なものが働いていたとしか思えない。

二階の奥まったテーブル席を確保し、ハンバーガーのセット二つをトレイに載せて席についた。

「飯食わずに観ちゃったから、さすがに腹減ってさ」

「私も」

「まずは食べよう」

途中でトイレに行きたくなるのも怖くて、水分さえも控えた。バーガーの包み紙を剝がしてまずは一口。氷たっぷりのコーラを飲み、揚げたてのポテトも口に入れる。

多少は胃が満たされてきた頃、智貴が言った。

「……で、どうだった？」

来たか。

「智貴からどうぞ」

「そりゃないだろ」

「なくはない」

「年功序列」

「三ヶ月の差で威張ろうっての？」

「なら同時に言おう。恨みっこなし。さんはい」

なにそれと思った。

——ええいままよ。

「面白かった！」

相手と自分の声がほぼ重なって、完全にずれがなかった。奇跡だった。

驚きの後にやってくるのは、途方もない歓喜だ。トレイ以外は何も置けないような、二人席の狭いテーブル。椅子は硬い。隣との距離も、とにかく近くて窮屈。でもそんなことは気にしないで、襟も智貴も「泣いた」「二時間切ってるとか嘘」「むしろ体感は秒」「伏線回収が神」「師匠が出てきた時点で優勝」「作画えぐい」「美術が」「劇伴が」と、濁流のように感想をぶつけあった。止められなかった。

「とにかくさ、監督ってばキャラにべらべら台詞喋らせるよりも、小物や背景でエモさを伝えようとするタイプじゃない」

「わかるわかるわかる。前まではそれがわかりにくさとか、テンポの悪さに繋がっちゃってたけど」

「でも今回はばっちりはまってた」

目を閉じればまだ映画館の中にいるぐらいに、あらゆるものを思い出せる。

「終盤のあの雷雨のシーンよかったな……稲光で一瞬だけ傘が浮かび上がるの。ビニール傘に血が飛んでて。私たちだけが先に結末を知るの。あんな毒薬みたいな綺麗な赤知らないよ。原画誰がやったか見当つく？　智貴」

智貴は、食べかけのハンバーガーを持ったまま、相づちを打つのも止めていた。いつからだろう。ただまじまじと、こちらを見つめてくるだけだった。

「智貴？　聞こえなかった？」

「……いや。襟はやっぱ根っからの絵師だよなあ」

――そんな嬉しそうな顔しないでと思った。遠いところから。住む世界が違うみたいに。

「もう目ん玉に星入って、完全に生き返ってるもんな。鏡見るか？　頭ん中、今日見た映画の構図でいっぱいだろ」

「ちが」

否定のために口を開いたとたん、涙声になって顔をおさえた。

「お、おい。どうした襟」

「違うよ。私は、智貴が思うような人間じゃない……」

描くことだけが全てなんて思えない。自分の立ち位置の不安定さに泣いて、決断を後悔して、智貴を羨ましがるだけの弱虫だ。

「なんかあったのか？」

襟はうなずき、泣きながら汚い話をした。

それはここまで積み上げてきた美しい『ヘブンズエデン』の考察に泥をぶちまけるような、卑近でみみっちい、個人的事情とその結果生成された感情についての話になった。

「ごめん。ほんとごめん。完全に弱音だし、愚痴だし、言うにしても、こんな風になるつもりじゃなかったんだけど」

「それは別に無理もないっつーか……」

聞いた智貴は、あからさまに困惑しているようだった。それこそ当然だと思った。

「感想として、これありか自信ないけど。襟も泣くんだな」

ちょっとこけそうになった。

「……泣くよ。当たり前でしょ。今までにも見たことあるはずだよ」

「あるけど創作で感動した時とか、クラウドのデータ吹っ飛ばして男泣きとか、そんなんだったろ。こういうのはあんまない気が」

「女々しく泣き落とし？」

「落とそうとも思ってないよな。ただ教えてくれて俺は嬉しかったよ。うん」

嬉しい？

智貴はすっかり冷めてしなびたポテトを口に押し込みながら、今までと同じ調子でうなずいた。

「俺にとっての襟ってさ、とにかく圧倒的スキル『絵がうまい』なんだよ。当時でも図抜けてうまかったのに、練習の鬼だったし研究心半端なかったし。ああ、俺じゃなくてこういう奴が作り手のプロの側に行くんだろうって、気持ちよく納得できたぐらいで」

智貴がどうやって夢を諦めたかなんて、一度も聞いたことがなかった。いつも飄々として調子がよくて。

「そっから聞いてるだけでSAN値が下がりそうな修羅の国に飛び込んで、どっかんどっかん異能バトルやってる襟を、うひょーすげーって思いながら応援して暮らしてたんだけど……うん、でもやっぱり人間なんだな」

「……がっかりした？」

「いんや。ただまあ考えてみれば、俺たちは結婚した時点で、パーティーを組んだわけだよ。襟はなんでも折半するのが好きみたいだけどさ、そもそも冒険してたら個々のレベルやステータスなんて、ジョブや加入のタイミングに応じてばらつきがあって当然て思うじゃん。戦士と魔法使いの攻撃力が同じだったら、そりゃ強い弱い以前に設定がおかしい」

「それはそうだけど……」

「だろ？」

ゲームならね。

「特に襟の場合はさ、会社勤めのグラフィッカーから、フリーのイラストレーターにジョブチェンジしたろ。元のジョブよりレベルが上がりづらかったり、経験値がいったんリセットされることもあるかもしれない。そういうのも織り込み済みで、戦略組んで戦ってこうぜってことなんじゃないの？　長旅なんだからさ」

創作と現実を混同するものじゃない。オタクの常識だ。しかし今智貴が、一生懸命ゲームにたとえてくれるのは愛とか思いやりじゃなければなんだろう。

長い長い旅路。ボスのいる城ははるか先。杖のかわりに絵描きのペンタブレットを操る魔法使いエリは、ちょっと特殊な魔法が使えるせいで調子にのっていた。

『ファイヤー、折半デス！』

ガンガン背伸びしてエフェクトが派手な魔法をバンバン打って、MP切れで途方にくれていた時に気づくのだ。

始まりの村から一緒についてきた、戦士トモタカ——魔法は才能ないと言って、愚直に剣だけふるってきた彼が、どれだけ着実に力をつけてきたかを。

——胸が苦しい。

どうしよう。やっと止まったばかりの涙腺のダムがまた決壊しそうだ。

「ゲームとリアルを、混同する奴は……」

「じゃあ自転車の話にしよう。あれは先頭が風を受けて一番きついから、長距離走る時は先頭を交代しながら走るんだぜ。駆け引き重視のチームレースだと、エースの体力を温存させるために、風よけになってぎりぎりまで先頭走る、アシストってポジションもあるぐらいなんだ。あれ渋い職人みたいで格好いいから、ちょっと憧れてるんだよな」

「充分格好いいよ智貴。ありがとう」

そう言うのが精一杯だった。

私があの時、ネットゲームでドラゴン退治をしながら組んだ相手は、こんなに頼れる奴だったのか。

震え声で口元をおさえる襟に、智貴が破顔した。より優しい声で彼は言った。

「とにかく一回、今背負ってるものを棚卸ししよう。家のことも仕事のことも、全部真っ平らに並べて、それでお互い持てる量に割り振りし直そう。なあそんな情けない顔するなよ。襟をこの先走らせるためなら、今ちょっと多めに背負うぐらいわけないからさ――」

「……ごめん。ほんと気持ち悪い」

「はい？」

冗談ではなく吐き気に襲われていた。むかつきがおさえきれず、その場に立ち上がってトイレへ走った。

そして――。

（…………事故らずにすんでよかった）

安堵しながら、個室の『流す』ボタンを押す。

やはり三十過ぎて、無理は禁物だと思った。日頃の寝不足とストレスで体調が悪いところに、空きっ腹とジャンクフードの油がたたったに違いない。洗面台に移動し、酸っぱい口の中をゆすぎつつ、襟は海よりも深く反省した。

まあ、全部大間違いではあったのだが――。

＊＊＊

S市の角田様のお宅には、毎週末に一回の頻度で訪問することになっていた。

お宅は駅近の立派な分譲賃貸で、インテリアはクールで個性的。いつも売れっ子イラストレーターだという奥様が迎えてくれた。

彼女と同い年の旦那様は、都内の優良企業にお勤めだそうで、それはもう絵に描いたような共働きパワーカップルの暮らしを、七穂は主に食事作りで手助けしてきたことになる。

ただ、一見華やかに見える奥様も、蓋を開ければ色々不安を抱えていた。

このあたりは七穂も自営業者の端くれなこともあり、ついつい肩入れし共感してしまったかもしれない。

完璧を維持しようと努力し、決してパートナーにも弱みを見せようとしない奥様の襟は、どこか危うげだった。うまく旦那様の智貴と悩みを共有できればいいのにと、かなり私情の交じった意見を申してしまったのが先週のことだ。

さすがにお客様相手に僭越がすぎたかと、この一週間、七穂なりに悶々としていたのだが――。

「えっ、おめでたですか？」


いざ角田家を訪問すると、夫婦から思いがけない報告を受けた。

「そう。恥ずかしいけどそうらしいの」

「な、何が恥ずかしいですか。めちゃくちゃ嬉しいことじゃないですか。おめでとうございます！」

襟はにかみ気味に微笑んだ。その手は自然と、ワンピースの腹部にあてられていた。

「聞いてくださいよ、石狩さん。こいつときたら体調不良がデフォだったから、全然気づかなかったって言うんですよ。やばいですよね」

「智貴。余計なこと言わないの」

「事実だろうが。弁解できるのか？」

いつも注文だけして、当日は顔も合わせない、自転車好きの旦那様が在宅しているのも、そういうことなのかもしれない。襟以上に智貴は、おめでたの嬉しさが隠しきれないようだった。

襟は言った。

「正直今も仕事どうするのとか、悩んで頭が痛いことは沢山あるんだけど。でも、いったん全部棚卸ししようって話し合ってたところにこれだから……やっぱり産みたいし、ちゃんと育ててあげたいんです。石狩さんの助けも借りて、なんとか両立させようってことになって」

「はい。そういうことでしたら、じゃんじゃんお使いください。全力でサポートいたしますので！」

「これからは俺の代わりじゃなくて、俺たちの代わりで色々お願いすることになると思います。よろしく石狩さん」

智貴の言葉も、七穂は嬉しく受け止めた。こういう仕事の増え方は、大歓迎だった。

「というか、今日から妊婦さん向けのメニューとかにした方がいいですよね」

「できるの？」

「はい、他のお客様で、献立考えたことがあるので。授乳中のにも対応できますよ」

襟と智貴が顔を見合わせ、笑顔になった。これは本当に腕が鳴る。

時間いっぱい働いて、次の予約先を一軒訪問してから、我楽亭に帰宅した。

（……お。隆司君、いるな）

車を隣の空き地――最近知ったが、こちらも我楽亭の一部らしい――に駐め、椿の生け垣の向こうにぼんやり明かりが灯っているのを見ると、七穂は訳もなくほっとする。ずっとここが無人で暗かった時期を、知っているからかもしれない。

家の中にいるのは、まずは秋口から飼い始めた例の猫である。

猫の名は、ちゃみ様となった。

泥と埃を落とせば綺麗な茶トラの模様が現れ、小さかったので子猫かと思いきや、病院で推定十一歳以上のシニア猫だと判明してしまったからびっくりだった。慌ててご飯を高齢向けに切り替え、寒くないようにと寝床を整えたりしていたら、なんとなく家庭内の地位も向上してしまったようだ。今は客用座布団の上で、よく居眠りをしている。

「失礼しますよ」

起こさないよう、一礼のあとその横を忍び足で進む。

人間は母屋ではなく、離れの洋館にいた。

書斎でパソコンに向き合っているのが、同居人の隆司だ。リモートでも、仕事中は襟つきのシャツを着るようになった。七穂に気づくと、彼は背もたれをきしませ背伸びを始めた。ちょっとした遊び心でその手首をつかんで持ち上げたら、「こら」と叱られた。七穂は後ろからハグをしたまま謝った。

「ご飯は炊いてあるよ。あとは冷蔵庫のおかずを温めればいいんだっけ？」

「それなんだけどね、帰りにぴっかぴかのお刺身買っちゃったから、そっちから先に食べない？」

「珍しいね」

「うん。ちょっと、嬉しいことがあったんだ」

晩酌ついでに、聞いてくれるなら幸いだ。

七穂は習慣としているSNSのアカウントを立ち上げ、写真とコメントを投稿した。ここで隆司の帰りを待ちながら、一人暮らしをしている間に始めたものだ。


『イイネと思ったことを　新鮮なままわかちあえるのは　幸せだ』

『今日のおかずは　イカそうめん』

アカウントネーム『猫と肉じゃが』より。


今は彼もいる。そして飼い猫が一匹増えた。

二章　愛しのカレーライス

だらだらと続いた残暑のあと、わずかな適温の気候に涼んでいたら、あっというまに冬めいて冷え込む季節がやってきた。日本の関東地方における十一月の立ち位置とは、そういうものらしい。

一緒に暮らしている七穂が、朝起きて垣根の椿が咲いたと喜んだ。

隆司にとっては、落ち葉と着るものが増えて、煩わしい季節の始まりだと思う。

『はい。では本日は、一部のマニアに超人気の石油ストーブ、ジャスミン・ブルークラウンのメンテナンス方法を解説していきましょう』

ただいま隆司と七穂は、両手に軍手をはめ、板張りの床に置いたタブレットの解説動画に見入っていた。

内容は旧式の石油ストーブを徹底的に整備し直す、ＤＩＹ番組である。

『まずは上枠のクリップを取り外し――』

ちなみに隆司たちの目の前にも、まったく同じオフホワイトで筒型の対流式、より年季の入った石油ストーブが置いてある。恐らくは亡き義理の祖父、結羽木茂が使用していたものと思われる。

七穂が物置の奥から見つけてきた、貴重な暖房器具である。

「上枠のクリップって？　どこ？」

「ここだ」

「クリップを外して、本体上部をゆっくり倒す――？」

動画を見ながら本体内部のすり減った芯を取り外し、買い置きしてあった未使用の芯に付け替えるまでは、なんとかたどりついた。

「動くかなー、大丈夫かなー。なんかめちゃくちゃ古そうなんだけど、このストーブ」

「大丈夫でしょう。ジャスミン社のジャスミン・ストーブって二十世紀初頭に原型を発明して、六〇年代にほぼ完成形に到達してるんだ。七三年の耐震自動消火装置採用以降は、ほとんどモデルチェンジもしてない。このストーブは消火装置もちゃんとついてるし、パーツの欠けもない。理論上は消耗品さえ取り替えれば、新品同様に動くはずだよ」

「そういうんじゃなくてさー……」

そういうのでなければ、なんなのだ。

実際、ジャスミン・ブルークラウンはその歴史の古さと変わらない機構が特徴で、骨董品のような外見がいいと今でも愛好家が絶えないそうなのだ。このあたりの感性は隆司にはわからないが、おかげで物置に死蔵していたストーブも、ネットの解説で復活させられそうなのがありがたい。

「ここから火をつけるなら、まず本体の筒部分を倒し、露出した芯を適切な長さに設定する」

「ダイヤルを回して繰り出すのよね……これぐらい？」

「芯に着火する」

「マッチしゅぼっ」

「炎が青いクラウン状に安定したら、倒していた筒を元の位置に戻す。で、完成」

「あったかい……」

七穂が両手をストーブにかざし、夢心地に呟くが、そんなはずはないのである。ストーブの窓は真っ暗なままだ。

「って、寒いわ！」

「灯油入れてないしね」

ジャスミン・ブルークラウンは今時珍しく、動力は完全に灯油のみだ。電源コードどころか、着火に乾電池すら必要がないという潔さだった。

ただ物置にストーブ本体と買い置きの芯は置いてあっても、灯油はなかった。それだけの話なのだ。防災の視点からも妥当だろう。

掃除中に七穂がストーブを見つけ、使えるかどうかと騒ぎはじめてここまで来てしまったのである。さきほどの『マッチしゅぽっ』は、完全に七穂の台詞とマイムのみの産物であった。

「あーもー、なんでこれだけあって灯油買ってないのよー。空気読めよー」

「いつ補充したかわからない燃料使うのって、怖くない？」

「隆司君。君、少し正論を控えなさい」

七穂の言いたいことは、なんとなくわかる。庭を掘ったら石油が出てきたなみの都合のよさで、今すぐ新品の灯油とポリタンクが生えてきてほしいという、夢というか願望なのだろう。たぶん本気にしてはいけない。

必要なのは、暖かくなりたいという気持ちに寄り添い、共感を示すことだ。

「灯油がないのは残念だけどさ、こっちにはこたつもあるじゃないか」

「そうこたつよ」

冷えたジャスミン・ブルークラウンをなでていた七穂の目に、光が宿った気がした。

これも七穂が、物置から発掘してきたものだった。本体と天板の他に、妙に懐かしい柄のこたつ布団と敷物もある。

　さっそく茶の間のちゃぶ台をどかし、中央に敷物を敷いてから、こたつ本体に脚を四本取り付ける。上からこたつ布団をかぶせる。

「……俺、実はこたつってほとんど使ったことないんだよね」

「そうなの？　いいよあったかくて」

「七穂ちゃん。この天板は、どっちが表だと思う？　緑の布が張ってある方？」

「つるつるの方が普段使いじゃないかなあ。布張りの方は、麻雀とかトランプする時にいいって聞くけど」

「UMAカードバトルもできるってこと？　なんでそんなにゲーミング仕様なの」

「昔の人はゲーマーだったんだよ……たぶん」

　七穂も自信がなくなる古さのようだ。

　実際ヒーター部分の大きさや、電源コードが真っ赤な布張りであることなどから、ユーキ電器製造の相当古い型のようだ。これもちゃんと使えるかどうかの、テストが必要だろう。

　古い家は、電源が少ない。夏場扇風機を使っていたコンセントに、プラグを差し込んだ。

「入ったよ」

「じゃ、点火式ね。スイッチオン！」

七穂がコードの途中にあるスイッチを、『入』に切り替えた。

こたつ布団の裾を持ち上げると、中は赤々とした光をたたえていた。

「ブラボー！」

「使えそうだね」

ヒーターのカバー部分を触ると、すでにじんわりと温かい。

七穂はさっそく座って足を入れ、隆司も彼女にならって向かいに座った。今まで遠巻きに見ていた猫のちゃみ様も、何かに導かれるようにこたつの内部へと吸い込まれていった。

「ははー、こたつよこたつ。あったかいわー。これでみかん食べたりお鍋したりすると、最高なのよね」

七穂はなんにつけても、喜怒哀楽がはっきりしている方だと思う。

怒る時は怒るし、喜ぶ時はしっかり喜ぶ。人の機微に鈍感なところがある自分は、それでも読み取れないことも多々あるが、明快なのは好ましいと思うのだ。しかも七穂の場合は、気持ちが特に綺麗だった。

綺麗で、強い。こんなに鮮烈でまぶしい子はいないと思う。

しかしこたつの内部がどんどん温まっていき、外部との温度差が激しくなってくると、なんというかこれは——。

「どうしよう隆司君。私、これから一件予約入ってるんだけど」

「行けばいいんじゃないかな」

「無理！　完全に体が一体化しちゃったよ。抜いたらたぶん血が出るよ」

そんなことはないだろう。

そう言いたくなるぐらい、こたつに悪魔的な魅力があるというのは理解できる。

七穂は隆司の手を取り、珍しく鼻にかかった甘えた声で言った。

「隆司君。私のかわりにお客さんのとこ行って、掃除と洗濯してこない？」

「じゃあ七穂ちゃん、俺のかわりにデータの解析して、ロンドンのボスに提案してくれる？」

七穂と隆司は、真剣に見つめ合った。

泣きそうな顔でこたつから足を引き抜き、立ち上がって茶の間を去ったのは七穂だった。

「正論なんか嫌いだ！」

これでも七穂の心が綺麗なのは、変わりないと思う。足も特に血は出ていなかった。

かくして隆司は一人、旧式のこたつに残った。

日本古来の暖房器具の威力はすごいと思う。いつまでも足が暖かく、思考能力を奪い、出るタイミングを見失う。中毒性があるとは、きっとこういうことを言うのだ。

七穂にも言った通り、隆司にもやるべきことはある。さっさと立ち上がってコードのスイッチを切り、離れの洋館に移動するのだ。あちらはエアコンも高速回線もあるが、ただこたつだけがない。

（……昼ご飯にしよう）

折衷案だった。いったんこたつからは出る。そして台所から食べられるものを調達してきて、ここで食べてから洋館に行く。

自分なりに納得がいった隆司は、意を決して立ち上がった。見えない根が引きちぎれる感触がした。

台所に行き、いつものならいで冷蔵庫を開ける。

（とりあえず、簡単に食べられそうなものを……）

七穂と暮らすようになって、習慣的にできるようになったことがいくつかある。炊飯器で米を炊くことや、作り置きの料理を温め直すこともその一つだった。

調理前の肉や野菜は、彼女の聖域でもあるので手をつけない方がいいだろう。下段の冷凍コーナーを漁ると、奥の方にフリーザーバッグに入った惣菜を見つけた。この感じはカレーに見える。

同じ冷凍コーナーに入っていたご飯一膳分をレンジで温め、同時に冷凍カレーは湯

煎にかけることにした。鍋に湯を沸かし、鍋の縁に当たらないよう金属ザルに入れた

フリーザーバッグを沈めて加熱するのである。

　鍋ではなくレンジに入れて直接温めるのはダメかと七穂に聞いたら、彼女はきちんと体験談を含めて理由を教えてくれた。いわくカレーは脂分が多いので、袋が熱で溶けたり変形したりしやすいらしい。よって耐熱温度が一〇〇度以上——製品によってはそれ以下もあるので要注意——のフリーザーバッグでも、お湯以上の温度にならない湯煎加熱が推奨されるのだそうだ。おかげで隆司もこうして、正しく冷凍のカレーを食べることができている。

　どちらにしろ、レンジは冷凍ご飯を温めるのに使用するので、同時進行は無理だった。

　皿にレンチン済みの白ご飯を移し、ついで小鍋から温めたフリーザーバッグを引き上げ、中身を空ける。火傷をしないように気をつける必要がある。

（……なんだこのカレー）

　今日の冷凍カレーは、以前七穂が作ってくれたカレーに比べると、心なしか色味が黄色い気がする。しかしアレンジ好きな七穂のことなので、これも何か変わったカレーの一種なのだろうと特に気にも留めなかった。

　スプーン片手に茶の間のこたつへ向かおうとしたら、その七穂が台所に駆け込んで

くるではないか。

「たかしくん！」

アウターのコートも脱がずに、血相を変えて。

「ちょま、ちょま、ちょま」

「大丈夫七穂ちゃん」

七穂は勢いを殺せず冷蔵庫に衝突し、ドアに手をついたまま必死に息を整えた。

「ちょっと待って！　ねえそのカレーどこの⁉」

「冷凍庫のだけど」

「……やだもー……」

彼女はずるずると床にへたりこんでしまった。冷蔵庫を上体のつっかえ棒にしてはいるが、そのまま昇天しそうである。

「仕事行ってたんじゃなかったの」

「キャンセルよキャンセル。今日のお客さん、風邪引いてインフル確定らしくて……もう車乗っちゃってたから、途中のガソリンスタンドで灯油だけ買って、今玄関前に置いてある」

「ナイスだ七穂ちゃん」

いつもながら、フットワークが異様に軽い。

「そんなのどうでもいいのよ。どーしよ、ほんとに解凍しちゃったのよね。他に食べるものなら沢山あったでしょ」

「そう言われても。古そうなのから始末した方がいいと思って。食べちゃまずいものだった？」

「私のじゃなくて、別のお客様からの、預かり物のカレーだったのよー」

クライアントからカレーを預かる。まずその状況がわからない。

七穂はあらためて、事にいたった事情を語りはじめた。

「阿部様っていう、最近奥様を亡くされた方がいらっしゃってね……」

＊＊＊

阿部真海が亡くなった時、彼女はまだ三十八歳だった。

死因は交通事故だ。

日没後の見通しが悪い交差点で、ハンドル操作を誤った車がガードレールを越えて突っ込んできて、避けようがなかったらしい。現場は彼女が買ったばかりの夕飯の食材が、道の反対側まで散乱していたという。

「じゃあ田中さん、お葬式には行ってきたの？」

「ええもちろん。うちの下の子が、茉里奈ちゃんと保育園一緒だったから。遠藤さんと山田さんと誘い合って、お焼香だけだけど行ってきたわ。本当にひどい話よ」

「まだ小さいでしょう、茉里奈ちゃん」

「そうよ八歳よ。お席に座ってる時も、ずっとパパの横で涙こらえてる感じで……たまらないわ」

「旦那さんもお気の毒ね。これから大変でしょうに」

「ちょっと、噂をすればよ」

日没直後の逢魔が時。住宅街の路上で井戸端会議をしていた主婦たちが、そっと目配せをして声を潜めた。

噂の当人、阿部俊介とその子茉里奈が、足早にこちらにやってくるからだ。

俊介は背の高い筋肉質の男で、いかにも過去にスポーツをやって鍛えていた名残がある。通勤用のスーツはやや型崩れしており、原因は斜めがけのビジネスバッグに加え、右手にクリーニング返りの大きなビニール袋、左手にスーパーの食材が入ったエコバッグをさげているからだろう。

娘の茉里奈は耳の形だけ父親によく似ていて、通学用の帽子をかぶり、背には水色のランドセル、教材セットが入ったキルティングの袋をぶんぶん振り回している。

総じて言うなら、二人とも異様に早足だった。

「急ぐぞ茉里奈。十分押しだ。時間がない！」

「わかってる！」

主婦たちの前を通り過ぎようとした俊介が、ふと立ち止まってこちらを振り返った。

「どうも田中さん。告別式の時はありがとうございました。妻も喜んでいたと思います」

「いえ、こちらこそご愁傷様で……」

「さ、行くぞ茉里奈」

台詞を最後まで聞くことなく、阿部親子は足早に去っていった。

現場には娘の方が落としていったとおぼしき、やっこさんの折り紙が一個残されたという。


俊介の妻は、茨城県の水戸出身だ。努力家で粘り強い女だった。どれぐらい粘るかといえば、一度は心臓が止まったものの驚異の復活をとげ、夫と子供が病院に到着するまで意識を保っていたぐらいだ。納豆もご老公もびっくりだ。

おかげで今わの際の言葉も聞けた。

『ごめんね』――手を握る俊介たちを見つめ返し、『しっかり』『生きて』と妻の口が動いた。

『わかったよママ！』

『真海！　先生来てください！』

通夜と告別式には、親戚や独身時代の友人以外にも、茉里奈の子育てで知り合ったママ友およびPTA関係者、パート先の同僚などが大勢駆けつけ、主婦としての人脈と人望の厚さも見せつけてくれた。

俊介は自分が死んだ時、どれだけの人が来てくれるか少し自信がない。

そんな自分でも、残された娘のことはしっかり育てなければいけない。約束したのだから。

四十二歳と八歳で、不遜(ふそん)にも生きて行くと決めたのだ。

「おい茉里奈、いい加減にしなさい！」

――そうして始まった二人暮らしは、当然ながら万事順調とは行かなかった。

俊介は定時で帰宅するなり、座る暇もなく夕飯の準備に追われる。理想の夕飯開始時刻は、就寝時間から逆算すれば午後六時半だ。キッチンの作業と同時進行で、リビングにいる子供の動向にも、ぬかりなく目を配らなければならない。

茉里奈は学童から帰ってきた格好そのままで、帽子やランドセルすらそのへんに放り出し、ソファでタブレットをいじって動こうとしなかった。

「いつまでも動画見てないで。宿題あるんだろ？　ご飯の前にやっちゃいなさい！」

「やーだ、でーきーなーい」

「なんで」

「こくごの『音読』だから！」

「いいから読みなさい、ここで聞いてるから」

フライパンで肉と玉ネギを炒めながら、俊介は言った。リビングの茉里奈から、返事はなかった。のぞき見れば、タブレットすら放棄して丸まっていた。さすがに理不尽だと思ったのか。

「……わかった。なら、後で聞く時間を作るから。かわりにテーブルのお片付けだ。その桃とかピーナツとか、みんな茉里奈のだろう」

「ハートとリボン！」

「はいはいハートとリボンの折り紙な」

大した差はないと、言ってしまってはいけないのだろう。

茉里奈は今のところ、休むことなく学校には行っている。今のクラスに折り紙名人がいるようで、友達に出す手紙を複雑な形に折りたたんだり、複数のパーツを組み合わせたりして大作に挑戦するのがブームらしい。おかげで部屋のあちこちに作品の残骸が散乱し、片付かないといったらない。

こちらがしつこく指示を出し続けたら、茉里奈は頬をふくらませて横を向いた。

「今はいやなの」

「今は？　片付かないとお夕飯食べられないぞ」

「いいもん、たべなくて。パパのごはんおいしくないから」

こいつめ。思わず菜箸を折りたくなった。

しかし血管を引きつらせようが、まだ怒髪天をつく時間ではない。アンガーマネジメントだ。ここは父親の寛大さを見せるところだ、阿部俊介。

俊介は無理やり笑顔を作った。

「そんなこと言っていいのか？　今日は茉里奈の大好きなカレーライスなんだぞ。絶対おいしいと思うけどなあ」

「うそつきパパだ」

「嘘なもんか。ほっぺが落ちるぞ」

なだめすかして、下手に出て、椅子に座らせるだけでも毎日が戦争だ。

夜遅かった俊介のかわりに、平日の夕飯を担当していたのはパート勤務の真海で、本当に真海はよくこんな真似を続けていたなと、今になって思う。

それでもなんとか夕飯はできた。予定より三十分押しになったが、オーソドックスなカレーライスに、カット野菜とミニトマトを添えたサラダ。茉里奈もテーブルの上のものをそっくりソファに移すという雑さながら、最低限のノルマは果たした。

「さ、食べるぞ。茉里奈のサラダは、マヨネーズとケチャップ混ぜたのがいいんだよな。自分でできるか？　パパがかけてもいいぞ」

「……自分でやる」

「よし。じゃあいただきますだ！」

ことさら元気に言って、俊介は目の前のカレーを食べ始めた。

向かいの茉里奈も、やや浮かない顔ながらマヨネーズとケチャップをサラダの上に絞っている。そして自分のカレーを食べ始めるのを、視界の端で見届けた。

(うん。ちゃんとカレーになったじゃないか)

ルーの外箱にあった『作り方』通りに作ったものだが、肉も野菜もしっかり煮えているし、味も濃すぎず薄すぎずで絶妙な塩梅だ。さすが大手の企業努力。そして自分も偉いと褒め称えたいぐらいだった。

「どうだ、茉里奈。なかなかうまくできて——」

「……まっずい」

露骨に顔をしかめて答えられた時、人はどういう反応をすればいいのだろう。

まず親としては、わがままが言える元気があるだけいいと思うべきか、あるいは作った人の気持ちを考えなさいと、教育的に教え諭すべきか。

俊介の気持ちはなんだ。大変なことになったな阿部君と方々の人間に言われ、迎えた忌引き明け。真っ先にしたのは、上司に頼み込んで残業と出張を免除してもらうことだった。やりたかったプロジェクトは、まとめて後輩に譲った。準備に三年かけていたが、全て娘を優先にして。

今だって納得はいっていない。妻をなくした心の整理すらついていないのだ。しかし選択肢が他にない以上、受け入れるしかない。

今日も山積みの仕事を、後ろ髪ひかれながら切り上げ帰ってきた。休む暇もなく買い物をして、少しでも栄養のあるものを食べさせようとして、子供にまずいと拒否されている。

じゃあもう食べなくていい、勝手にしなさいと、もう少しで言い放ちそうだった。

「茉里奈。その言い方は、意地悪なんじゃないか？　まずいなんて、少しは作った人の気持ちも考えなさい」

「……だって、ほんとにおいしくないよ。からいよう……」

――辛い？

茉里奈は、一口しか口をつけていないカレー皿を抱え、ぽろぽろと涙をこぼしている。

ふと今日使ったカレーのルーが、なんだったかを思い出す。確か、『バーボンカレー』の辛口だ。俊介が実家にいた頃から親しんでいる家庭の味で、真海と結婚した後は彼女がその味を引き継いで食卓に出していてくれた。だから今日食べたカレーも、俊介にはそれほど違和感がなかったのだ。

しかし茉里奈の舌には——。

「ああ……そうだったな。ママはいつも、茉里奈用の辛くないカレーも作ってたもんな。ごめんな、パパ忘れてたよ……」

カレーライスを作る日は、ガス台に鍋が二つ用意されていたことを、今さらのように思い出した。本当に今さらだ。

「ママ……ママぁ……なんでえ、会いたいよ……」

娘はただただ母を恋しがって泣き、床にはゴミとも作品ともつかない潰れた紙くずや、畳む前の洗濯物、学童用品が散乱している。対面式のキッチンでは、これから洗わねばならない調理器具が山積みになっていた。

——だめだ。

ちゃんと生きると決めたはずなのに、この詰みとしか言いようがない閉塞感は、いったいなんなのだ。

しょせん自分程度では、意気込みだけで乗り越えるのは無理なのか。

(待て、学芸発表会の衣装？　そんなのいきなり言われても困るぞ……？)

会社の昼休み、食堂で学校からの連絡事項を確認する。ただそれだけで、たぬき蕎麦をたぐる手が止まってしまう。

保護者への手紙は、連絡帳とともに毎日茉里奈が貰ってくるはずだが、謎の力が働いて親のもとまで渡らないことが多い。学校側でPDFを用意してくれているのは、俊介が子供の頃と比べても格段にありがたいことだ。

しかし、それでも不意打ちが襲ってくるのはどういうことだ——。

「阿部さんじゃないですか」

茉里奈はさるかに合戦の、『木』役らしい。木なら書き割りでいいだろう。なぜ樹木に役と台詞がついているのだ。茶色い服の上下で、袖のところに指定サイズの葉がついていればいいそうだが、そんな簡単に言ってくれるなと思った。

「阿部さん、阿部さん」

「——おお、角田じゃないか！」

「おひさしぶりです。ここいいですか」

「いいに決まってるだろ。さ、座れ座れ」

なんの変哲もない、社食の硬い椅子とテーブルだが。相手は定食を載せたトレイを持って、俊介の向かいに腰を下ろした。

本当に、珍しい奴に会ってしまった。

角田智貴。彼が新人の頃に、一年ほど同じ部署で仕事をしたことがあった。見た目は小柄で地味な容貌ながら、頭の回転の速い、今食べている蕎麦の七味のような男だった。

「おまえ、今どこにいるんだっけ?」

「企業営業部の一課です」

「なら上にも期待されてるんだろうな。がんばれよ」

「いえ、おかげさまでぼちぼちって感じで。それより阿部さん。奥様の件、本当にお悔やみ申し上げます。知ったのが遅くて、お葬式にも行けませんですみません」

智貴は神妙な顔で、頭を下げた。

こいつときたら——俊介は、持っていた箸とスマホを手元に置いた。

たった一年、直接的な指導役でもなかった相手に、律儀な奴だと思った。本当に営業向きだ。

「いいんだ。社でも一部にしか言ってない。実際、通夜も葬式も人多すぎでな。角田みたいなのまで来てたら、斎場パンクしてたわ」

「阿部さん、確か小学生の娘さんいらっしゃいましたよね。家のこととか、大変なんじゃないですか」

「そうだなあ……」

　言われなくとも、思わず遠い目になるぐらいには、大変な状況だった。

「娘も気丈なタイプなんだが、やっぱり無理はしてるんだよ。それもわかってるんだが、俺も目の前のことで手一杯でな」

「ああ……」

「うちは嫁さんもパートで働いてたし、俺も家事や育児はそこそこ手伝ってた方だと思うんだよ。だからなんとかなると過信してたのかもな……色々甘かったよ」

　俊介と真海、双方の親などが代わる代わる来て、気も張っていた最初の一週間。そこから茉里奈と二人だけの生活が始まり、案の定問題は噴出し、必要なケアも手当も追いつかず、荒れた家の中で今後の生活に自信が持てないのが今と言っていい。

「阿部さん、そこはもう外注に頼った方がいいんじゃないですかね」

「市のファミリーサポートの人に、学童の迎えが間に合わない時はお願いしてるぞ」

「それだけじゃなくて、家事全般の外注ですよ。家事代行サービスってやつです」

「家政婦のことか？」

「もうちょい細かく頼めるやつですね」

いわく、住み込みではなくスポットの依頼で、料理、洗濯、掃除、買い物やクリーニングの受け取りなど、細々としたものを代行してもらえるのだという。

「ずいぶん詳しいのな」

「いやもう、うちも相方の仕事がクソ忙しくて、その上子供も産まれることになったもんですから、頼りまくって代行さままって感じっす」

「そんなにいいのか……というか奥さんおめでたか。よかったな」

「うす」

俊介の前で喜ぶのは憚られたのか、智貴はごく短くうなずいた。

「とにかく周りに頼れるだけ頼って、できた時間は阿部さんと娘さんに使ってあげてくださいよ。阿部さんが消耗してたら、たぶん娘さんも辛いと思うんです」

「おまえも大概いい奴だな。どこの業者使ってるんだ？」

「うちは『ＫＡＪＩＮＡＮＡ』ってとこです。埼玉の、Ｓ市とＫ市中心にやってるって聞いてますよ」

「じゃ、うちはＫ市だからありってことか。わかった、情報サンキューな」

すでに蕎麦をあらかた食べ終えていた俊介は、一足先に席を立った。少しでも早めに部署に戻って、残業ができないぶんの埋め合わせもしたかったのだ。

しかし、ひさしぶりに後輩に声をかけられたのは、思った以上に嬉しかった。

自分も含めてどの人間も、これからがんばれ、真海のぶんまで茉里奈をちゃんと育てろと、プレッシャーがすさまじかったのだ。なのにさして接点がなかった角田智貴だけが、がんばれと言わずに人を頼れと言ってきた。

よしんば彼が家事代行サービスの回し者で、マージンをいくばくか貰っていたとしても、この際構わないと思った。どうせ帰ったら、いつもの家事のルーティンに加え、家中の衣装ケースを漁り、茶色い服を探してフェルトの葉をくりつける作業が始まるのだ。

俊介は自席に戻ると、まず『KAJINANA』の名前を検索し、昼休みが終わる頃には、見積もり依頼の電話も終えていたのだった。

ちょうど予定のキャンセルが一件あったということで、件の『KAJINANA』のスタッフは、週末家に来てくれることになった。

そして当日やってきたのは、予想とはだいぶ違うスタッフだった。

「どうもこんにちは。『KAJINANA』の石狩七穂と申します」

「……いや、こちらこそ。よろしくお願いします」

「角田様からのご紹介だと伺っております。同じ会社の先輩後輩だとか。どうもありがとうございます」

家事代行というぐらいだから、もっとふっくらした『おかん』的雰囲気の中年女性を想像していたのだが、現れたのはシュッとして背の高い、どちらかというと凜々(りり)しい雰囲気の女性である。何より若い。まだ二十代だろう。

こんなの聞いてなかったぞ角田と、ここにはいない後輩に文句の念を飛ばしてしまった。

俊介の横でもじもじしている茉里奈にも、七穂は腰をかがめて挨拶をした。

「こんにちは。私ね、七穂。あなたのお名前は？」

「……茉里奈」

「茉里奈ちゃんか。今日はね、茉里奈ちゃんのお家の、お掃除とお料理作りをしに来たんだ。がんばってピカピカにするからね。応援して」

小さく握り拳を作ってみせると、それがおかしかったのか茉里奈は笑みを作った。

「うち、きったないよ」

「うわ、やる気出るー」

「こ、こら茉里奈っ。すみません、とりあえずこちらへ」

俊介は七穂を、家の中へ案内した。

住んでいる家は、二年前に購入した建て売り住宅だ。同時期に売りに出た家より庭が若干広く、リビングの日当たりがいいのを真海が気に入って買った。しかし、今となっては庭で育てていたプランターの花も枯れ果て、日当たりのいいリビングは、物をまたぎ越えて歩くのが日常の場になっていた。

「電話でお話しした通り、妻が急に亡くなって家の片付けが追いつかないんですよ。なんとか一度リセットして、マイナスをゼロに戻したいところなんですが」

「わかります。定位置がちゃんとあるだけで、維持するのがだいぶ楽になりますよね」

「本当にしっちゃかめっちゃかで……」

喋る端から、俊介は自分のスリッパの先端に張り付いた謎のフェルトが気になって仕方ない。両面テープとの合わせ技だ。わざわざ取るのも目立つし、放置していてもぺらぺらして非常に目立つ。

ついに七穂に気づかれた。

「お嬢様、工作がお好きなんですか？」

「い、いや、これはちょっと違います。自分が娘の学芸発表会の衣装を作った時の、残骸ですね……落書きや折り紙工作自体は、よくする子なんですが」

おかげで見ろ、今もダイニングテーブルの上が、紙とペンとハサミその他でカオスになっている。毎度食事のたびに片付けさせるのも、気が重い作業だった。

「お道具の居場所を、作ってあげた方がよさそうですね」

「しまい場所はあるんですよ。あそこのカラーボックスなんですが」

リビングのソファと並んで布を垂らして隠してあるが、あまり有効活用できているとは言いがたい。たぶんあの中は今、すかすかだ。

「ちょっとテーブルから距離がありますね……だからかな」

「気が向いたら和室でもどこでもやり始めますから、落ち着かないんですよ」

「でしたら阿部様、あちらのカラーボックスと、こちらのワゴンの中身を入れ替えてもよろしいですか?」

「え、どれですって?」

「これです。ただの収納ラックじゃなくて、持ち手とキャスターがついてますよね」

七穂が言ったのは、ダイニングテーブルの後ろに壁づけして置いてあった、木製のキッチンワゴンだった。もっともワゴンとは言っても、最初に真海が配膳用に購入したものの、使い勝手の悪さに使用せず、リビングに追い出されてただの収納棚として使われているものだ。今は移動ができることすら、ほぼ忘れて暮らしていた。

一階にあって行き場のない本や置物などが、なんとなくそこに置いてある。

「それは別に構いませんが……」

「ありがとうございます。それでは本日はリビングの片付けとお洗濯、そして夕食作りのプランを承っております。よろしいでしょうか」

「はい。ご面倒おかけしますが、よろしくお願いします」

「とんでもないことです。お夕飯のリクエストは、カレーライスでしたよね」

「それもお願いします。『バーボンカレー』の辛口と甘口で、二種類作ってもらえますか」

今度こそ、間違えるわけにはいかなかった。

七穂はうなずき微笑んだ。

「かしこまりました。すぐに取りかかりますね」

宣言通り持参のエプロンに三角巾を身につけた彼女は、さっそく落ちていた靴下やパジャマなどをどんどん拾って回収していき、洗濯機がある脱衣所へと持っていった。

残されたのは、俊介と茉里奈だ。

「……ほら、茉里奈。音読と算数の宿題、また出たんだろう。パパが見てあげるから、教科書持ってきなさい」

「うん——わかった！」

茉里奈は子犬のような威勢のよさで、子供部屋がある二階へ駆けていった。

そのままリビングに隣接する小上がりの和室で、茉里奈の宿題をマンツーマンで見てやり、終わればささやかな庭で、縄跳びの練習につきあった。

「えー、なんでできるのパパ。えー」

「できちゃ悪いか。これでも元バスケ部員だぞ」

「うそー」

二重跳びに挑戦しては敗北する娘に、華麗な手本を見せてやったら大ウケした。

「昔は三重跳びもできたんだけどな……いてっ！」

「はは、引っかかった！　パパ転んだ！」

「……小学生用で跳ぶのは限界があるんだって……」

脛に縄を取られて転倒し、腹を抱えて笑われて、それでも無性に安らいでいる自分がいた。

（ああ、いいな）

こんな風に茉里奈とじっくり遊ぶ時間が取れたのは、いつ以来だろうかと思った。

庭からはリビング全体が見え、いつの間にか足の踏み場ができたフローリングに、七穂がワイパーをかけている。

俊介は、掃き出し窓から声をかけた。

「石狩さん。こういう代行サービスって、私が不在の時にお願いするのは無理なんでしょうか」

「いえ、初回は必ず在宅をお願いしてますが、ご希望でしたら鍵をお預かりしてお伺いすることもできますよ。オプションでのご相談にはなりますが」

「そうですか。よかった」

俊介はほっとした。それなら仕事がある平日の日中に、家事を頼むこともできる。休みの日はもっと、茉里奈のために時間が使える。

少し前なら真海が同じように掃除をしていて、俊介が茉里奈の遊び相手になっていた。平和な光景がどれだけ貴重だったか、戻らなくなってから気がつくのだ。

しんみりしている場合ではない。でもきっと大事なことだったはずだ。

しばらくして、七穂がこちらを呼びにきた。

「終わりました。確認をお願いできますか」

「ああどうも、ご苦労様です」

庭のコンクリートに座っていた俊介は立ち上がり、縄を跳んでいた茉里奈も、一緒についてくるようだ。ともに部屋の中に戻った。

リビングは、よくよく見なくとも本当にさっぱりと片付いていた。床やソファを塞いでいた大量の物が、昔からそこにいた顔で元の収納場所におさまっている。

「洗濯物は、簡単に畳んでバスケットに入れておきました」

「いや、これはすごい。助かります……」

「それとお嬢様のお道具関係なんですが、こんな感じでまとめてみたんです。よろしいですか」

七穂は壁づけしていたキッチンワゴンを、あらためてこちら側に移動させた。

そこには一階のそこら中に散らばっていたペン、鉛筆、色鉛筆、ノリやハサミに定規といった文房具類が、全てワゴン上段に、複数のペン立てや空き缶などに立てる形で収納してあった。

「あたしのペン！」

「中段は、今作業中のものを一時置きする場所に使ってください。それと下段は、投げ込みタイプの箱を三つ並べました。一個目は紙類入れで、まだ白いところがあるお絵かき帳や、未使用の折り紙なんかをどうぞ。二個目はビーズとか毛糸、リボンなどの細かい材料入れに。で、三個目がちょっと大きめなんですが、描いた絵や工作をしまっておくボックスです」

「そんなものまで用意するんですか」

「物の置き場所って、なんでも必要ですから」

七穂はにっこり笑った。

確かに子供の作ったものや作りかけの置き場所は定まっておらず、真海がいた頃でもそのへんに転がっていた。うっかりゴミと間違えて捨てて、泣いて怒られたりもしたものだ。

「気に入ったものはバンバン飾って、でもそれ以上に新作は出てきますよね。そういうのはこのボックスに入れて、いっぱいになったら、お嬢様と相談の上で整理する。そういう約束にするといいと思うんですよ」

「なるほど……」

「ワゴンでキャスターがついてますから、使う時にテーブルの近くまで持ってこられます。戻すのも楽だと思いますよ。和室で遊びたい時も、小上がりに横付けできますし。どう茉里奈ちゃん、使えそう？」

すでに茉里奈は、自分でワゴンを押して、部屋のあちこちへと移動させている。ダイニングテーブルの自分の席に座って、カラーペンを手に取ったり、下段のファイルボックスを引き出してみたりと、充分感覚的に使いこなせているようだ。

「それと、ワゴンにもともとあった物ですが、そちらはリビングのカラーボックスに全部入れてあります。綺麗な雑誌や写真集が多かったので、ダイニングよりはリビングでくつろぎながらの方が、手に取る回数は上がるんじゃないでしょうか」

「いやまったく、その通りで」

どこで使うかという視点が、完全に欠けていた。とにかく空いた場所に、入るものを片っ端から詰め込んでいた。

死蔵していたキッチンワゴンに、ファイルボックス、文房具を立ててしまうための缶。どれも元から家の中にあったものだ。用途をはっきりさせて集中させるだけで、これだけ見やすくなるのか。

「あとはあちら、お鍋にカレーが二種類あります。ご飯は炊飯器に、サラダは冷蔵庫に入っていますので、食べる時にお出しください」

いたれりつくせりだった。

部屋を魔法のように片付け、キッチンに鍋二つぶんのカレーを作ってから、石狩七穂は風のように去っていった。

「すごいね、七穂ちゃん。ほんとにピカピカにしてった……」

茉里奈の感想に同意である。日当たりだけが取り柄のリビングの、風通しまでよくなった気がする。

しかも遊ぶだけ遊んで、今日は夕飯までできているのだ。こんなにありがたいことはない。

「よし、ちょっと早いがご飯にしようか。部屋は綺麗だし、石狩さんがカレー作ってくれたぞ」

「やった！」

炊飯器に米は炊けており、冷蔵庫には彩り豊かなコールスローサラダも盛り付け済みでスタンバイしていた。

「辛いのはパパ、甘口のは茉里奈のだ。テーブルに持ってってくれるか？　こぼすなよ」

「できるよそれぐらい」

「よし頼む」

よそったカレーを、茉里奈がそれぞれ食卓に持っていく。

「あたしお腹ぺこぺこ」

「ならいただきますだ」

「いただきまーす」

一日気が済むまで遊んだのがよかったのかもしれない。テーブルにつく茉里奈の顔も、いつになく明るかった。

「どうだ茉里奈。今日のカレーは辛くないだろ？」

以前は俊介のせいで、一口食べてギブアップしていたが、今回は大丈夫のはずだ。

実際、茉里奈はカレーを食べてまずいとは言わなかった。きちんと食べたし、ふだんは敬遠しがちの人参も残さなかった。

「うん。からくない。おいしいよ七穂ちゃんのカレーライス」

ただ——作ってくれた人の気持ちを一番に考え、作り笑いで本来の気持ちを押し殺すのは、子供としてどうなのだろうとは思うのだ。

「……はい。おかげさまで一日のんびりできて、部屋も使いやすくなって大変助かりました。ありがとうございます」

後日、『KAJINANA』の七穂から、アフターフォローの電話がかかってきた。

俊介はキッチンの後片付けをする傍ら、それを受けた。

『よかったです。茉里奈ちゃん、カレーはどうでしたか？　おいしく食べられましたか？　ママと違うってなりませんでしたか？』

視界の端に、テレビを見ながら宿題のワークをしている娘の姿が見えた。色鉛筆などは近くのワゴンから直接取っていて、本当に自分の手足として使いこなしている感じだ。

他方で俊介は、不覚にも一瞬言葉に詰まってしまった。

「……ちゃんと完食しましたよ」

『やっぱり、無理させちゃいましたか……申し訳ありません』

「いえ、石狩さんに落ち度があったわけじゃ」

俊介は慌てて否定した。そこははっきりさせておきたかった。

「あれはもう、こう言ってはなんですが、気持ちの問題だと思うんです。今は何を食べても比べて否定したくなるんじゃないかと」

『確かにそういう面はあるかもしれませんが……もう少し、こっちで工夫できる余地があると思うんですよ』

「……具体的にどうすればいいんでしょう」

『たとえばなんですけど……そちらに伺ってカレーを作らせていただいた時、ストックに甘口のカレールーが一個もなかったんですよね。途中で慌てて買いに走って……それがなんかちょっと気になって』

どういうことだと思った。

「すみません、自分の用意が悪くて」

『違うんです阿部さん。大人用の、バーボンカレーの辛口は、冷蔵庫に使いかけもありましたし、未開封の箱が棚に沢山あったんです。もしあれが、奥様の買い置きされていたものだとすると、話が変わってくるなと……』

「ち、ちょっとお待ちください」

俊介はスマホを顎に挟み、頭の上にある吊り戸棚を開けた。そこにはカレールーや惣菜の素のような箱入り調味料が、取っ手つきボックスに入れてストックされている。

確かめてみるが、確かに一つもない。

違うメーカーの甘口や、子供用のレトルトという可能性はないだろうか。他のストック場所を漁りながら、買い出しにつきあっていた時の記憶を必死にたどる。

茉里奈が一、二歳の頃は、一度に食べる量も少なかったので、あんパンの顔がついた専用のレトルトを購入していたかもしれない。だが、ほとんどの食を共有するようになった最近はどうだった——？

休日、家族で買い物に行った。行きつけのスーパーで、嬉々としてカレーの箱をまとめ買いしていた光景を思い出した。


——あっ、見て見て俊介さん。バーボンカレーが安い！　これは買い！


はしゃいでいたあの時も、カゴに入れていたのは辛口の青いパッケージだけだった気がする。甘口も中辛も、ワゴンには沢山あったのに真海は見向きもしなかった。なぜだ？

『阿部さん。ＵＭＡバトルのカレーとか、どうですか。今人気あるから、買っていたかもしれませんよ』

「いいえ、真海がそういうオマケ重視のものは嫌がる人間だったんで、それはないと思います。他のメーカーの甘口も、自分が知るかぎりめったに買っていなかったんじゃないかと……」

『じゃあ、バーボンカレーの辛口を、自前で辛味をおさえて調整する方向ですかね……千切りキャベツや温泉卵を上に載せるとか？』

「特にそういうトッピングはしていなかったと思います」

『やりすぎると味自体が薄まりますしねえ。うーん……』

七穂は部屋の片付けだけではなく、料理に関してもクライアントに寄り添って徹底的に考えてくれるようだ。

引き続き捜索を続けていた俊介は、キッチンの片隅で七穂の名を呼んだ。

目の前に現れたものが、にわかには信じられなかったからだ。

『どうされました？』

「すみません。今ちょっと、家のストックを漁るついでに、冷凍庫の方も漁ってみたんですが……」

『何か出てきましたか？』

「カレーです。フリーザーバッグに入ってて。マルに茉の字が書いてあります。日付は三週間前」

声が震えそうになるし、七穂も電話口で息を呑むのがわかった。

真海が事故に遭う直前に、作って冷凍したものだ。確かにあの日の前日は、小さいカツがついたカレーライスだった。

『それは、とても大事なものですよ。ママのカレーですから、味わって食べた方がいいです』

「でもこんな三週間も前のカレー、食べて平気なんですか」

『冷蔵は足が早いですけど、冷凍なら一ヶ月はもちます』

そうか。ならまだ猶予はあるのか。

長く冷凍の引き出しを開けっぱなしにしていたせいで、冷蔵庫本体がピーピーと警告音を発した。俊介は慌てて、カレーがそれ以上溶けないよう元の場所に戻した。

自分はここから、どうすべきなのか──。

「石狩さん。一つお願いがあるんですが……このカレー、食べてみていただけませんか」

『えっ、わ、私がですか!?』

七穂は悲鳴に近い声をあげた。

『そんな、ダメですよ。たった一個の、形見みたいなカレーなんですよ。茉里奈ちゃんのものなんですから、茉里奈ちゃんにあげるべきで』

「そうです。一個しかないんです。ここで茉里奈にカレーを食べさせても、次はない。また食べたいと思っても、絶対に無理なんです。でも石狩さんなら、カレーのレシピがわかるんじゃないですか？」

あなたほどの人なら。

そしてどうかそれを、自分たちに教えてくれないだろうか。

リビングで何も知らずに宿題をしている、娘の小さな背中を守りたいのだ。

「これからも生きていかないといけないんですよ、私も茉里奈も。なんだって自分で作れるようになって、いつでも真海の味に再会できる方が、あの子のためだと思うんです。どうかお願いします、石狩さん」

たぶんこれが、この世に一個しかない形見の、たった一つの活用法だと思うのだ。

そうやって必死に頼み込み、なんとか七穂の了承を得ることができたのだった。

＊＊＊

「……ってわけでね。どうにも断れなくて」

「受け取ったのか……」

隆司と七穂は我楽亭の茶の間に移動し、こたつには問題のカレーライスが置いてある。

聞けば聞くほど、厄介な話である。

「ごめん、七穂ちゃん。まさかそんなに大事なカレーだとは思わなくて」

「まあ注意書きもしないで、ただ置いといた私も、うかつすぎたんだけどさ……」

「どうしよう。また冷凍し直そうか？」

「そんなのできるわけないじゃない。がっつり温め直しちゃってんのに。このまま行くしかないでしょ」

　七穂はキッチンから取ってきたスプーンのうちの一本を、隆司に差し出した。

「はい、どうせだから隆司君も食べて。そんで感想聞かせて」

「わかった……」

　あまり大したことは言えない気もするが、この状況で拒否権はない。受け取って腰をおろした。

　皿のカレーは、まだかろうじて湯気が出ていた。

「目視の感想としては、色が黄色い」

「そうだね。白っていうよりは黄色味が強いね。カレーの場合は、だいたいはターメリックが強いせいだけど。元のバーボンカレーの辛口は、こんなに黄色くないから、やっぱり何か混ぜてアレンジしてあるんだと思う」

「中国で食べたカレーライスも、なんでか妙に黄色かったんだよね。八角と豆板醬（トウバンジャン）がきいてて辛かったな」

「それってカレーなの……？」

「ローカライズってやつなのかな？　食堂のおやじさんは、日式カレーだって言ってたんだよ」

以前、隆司は中国の内陸部に行ったことがある。一般的なビジネスや観光目的ではなく、自分のせいで亡くなった協力会社の社員、水島柊一の形見のためだった。彼がプロジェクトルームで育てていた真柏の盆栽に、見立て通りの中国の景色を見せてやりたかったのだ。

隆司なりに目的を果たした後は、インドやベトナムなどを経由し、イギリスまで陸路で旅をした。

それで知ったことだが、世にカレーと名のつく料理は数あれど、とろみのあるカレールーでカレーを作り、短粒種を炊いたご飯にかけて食事をする、いわゆる『カレーライス』形式のカレーは、本当にわずかだということだ。ある意味日本独特のものと言っていいかもしれない。

最終的に盆栽と一緒に帰ってきた隆司の思い出話を聞いた七穂は、神妙な顔で黄色いカレーを凝視している。

「……まあでも七穂ちゃん、これに八角と豆板醬が入ってる可能性は少ないと思うよ」

「そ、そうよね。一般家庭のお子様カレーだものね」

「考えてみると不思議な話だね。混ざったスパイスを取り除くことはできないのに、そんな簡単に辛口から甘口にできるものなの？」

「やりようは色々あるわよ。卵入れたり、牛乳で伸ばしたり」

「それは甘くするっていうよりは、薄めて口に入る辛味成分を減らす方向？」

「まあそうとも言うけど。ほんと理屈っぽいね君は」

　性分なのですまないと思う。

「隆司君が子供の頃は、家のカレーはどうしてたの？」

「うちはなんていうか……大人と同じものが食べられないうちは、半人前扱いなんだよ。父さんのために本格インドカレーが出てきても、俺にはパテから作ったハンバーガー、みたいな」

「千登世(ちとせ)おばさん、すごすぎ……取り分けアレンジなんて許さないのね」

　七穂が若干引いている気がする。

　実際手はこんでいたはずだ。七穂の母親と隆司の養い親は姉妹関係にあり、七穂にとっては実の叔母(おば)だ。その結羽木千登世は日本にいても海外にいても、こちらの教育に割く時間以外は料理やフラワーアレンジメント、テーブルコーディネートなどの教室に通って腕を磨いていた。

結果として出てくるものは家庭の味というには洗練されすぎていて、よそはもっと幅があると知ったのは大人になってからだ。特に現在進行形で認識を広げる手伝いをしている、七穂を見ながら思った。

「そういえば母さんが、帰国したら一緒に食事でもどうだって言ってるんだけど」

「へ？　いや無理無理。私はパス」

七穂はあっさりと手を振った。

(流されたか)

確かにこんなタイミングで、言う話でもなかったかもしれない。それなりに強い要請でもあったのだが。

「そういうのは、親子水入らずでやるもんでしょ」

「わかった。了解」

聞くだけは聞いたので、先方への義務は果たしたと思うことにした。

「七穂ちゃんのところのカレーは？」

「うちはまあ、それなりにって感じ。味が薄くなるなら、コンソメとかウスターソース足したりする場合もあるって聞くけど」

「つまりこれに何が入っているかは、食べて答え合わせするしかないってことか」

「けっきょくそういうことね。食べようか」

皿を前に推論を重ねても、意味はないということだ。おとなしく本題の試食に入ることにした。

七穂がカレーを口に入れ、隆司も反対側からスプーンですくって食べた。

「これは――」

「……辛くは、ない」

「確かにマイルド。お子様には食べやすい味」

「でも辛口を、単に薄くしただけって感じでもないよね」

舌にくる刺激はほとんどないが、カレーの風味は充分感じられるし、塩気もうまみも適度にあって、ご飯が進む味付けになっている。

七穂は眉間をおさえ、真剣に考えこんでしまった。

「給食の甘口カレー……ともちょっと違うな……なんだろう、何が足してあるのこれ……」

「給食だったら、むしろカレーシチューに似てる気がする」

隆司の脳裏に、公立の小学校に通っていた、数年の記憶が蘇った。

「なつかし！　君のとこにもあったんだ」

「よくわからないメニューだったんだよね。カレーとクリームシチューの中間みたいな味で、日によってご飯がついたりパンがついたり」

「ひねった料理が苦手な隆司君らしいご意見、ありがとう。あれたぶん、クリームシチューをベースにして、カレー粉とかケチャップなんかを足して、味を調えてるんだと思うよ」

聞いてもまさしく、カレーとクリームシチューの中間としか呼べない食べ物だとは思わなかった。

七穂いわく、まだ給食に米飯が導入されていない時代に、パンと食べてもおいしいカレーメニューとして開発されたのだそうだ。味はいいので、今でも学校によっては定番メニューとして残っているらしい。

「飲み会でネタにすると、意外と盛り上がるんだよね。そもそも食べたことあるとかないとか、味が好きとか嫌いとか」

「別に嫌いじゃなかったよ。不思議だなと思いながら食べてただけで」

「そういうのも君らしいよね」

七穂が目を細めて苦笑した。

「カレーシチューか……うん、確かに隆司君が言うように、この味付けはシチューっぽいかも」

「クリームシチューを作って、そこにカレーをちょっと足す？」

「ベースはバーボンカレーなんだよ。そこは外しちゃだめだと思う。ここからクリームシチューに寄せるとするなら、シチュー用のルーと牛乳を足す……量が増えすぎるかな。じゃなかったら牛乳とバターとコンソメをちょっとずつ入れて、焦げないようによく混ぜて……」

七穂は頭の中で、クライアントに伝えるレシピを組み立てているようだ。

「……んー、思ったよりも面倒ね。週五でパートもしてた忙しいお母さんが、そこまでやるかな」

「違和感ある？」

「甘口を別に買うのもやめて、辛口一本に絞ってた人なのよ。もっとパパッと、あるもので簡単にやってるイメージなんだけど……」

そんな魔法のような解があるのだろうか。

そもそも故人のレシピを解明することは、家事代行サービスの職域に含まれないように思うが、違うのだろうか。すでに本気になっている七穂にこれを指摘するのは、ややためらわれた。クライアントの親子に肩入れして、放っておけなくなっているのはよくわかる。

隆司が救われたのは、彼女のそういう世話好きでお人好しの面に他ならず、時に心配になる部分でもある。

「……七穂ちゃん。これなんだろう」

「ん？　何？」

「これはカレーに入っててていいもの？　ミックスベジタブルとか？」

隆司のスプーンが掘り当てたのは、黄色い、トウモロコシか何かの粒と思われるものだ。

七穂も同じものをカレーの中に見つけ、口に入れる。

「……違う、これ冷凍ミックスじゃない。でも待って。ああそっか。そういうことか。それなら行けるかもしれない……」

「七穂ちゃん？」

「ごめん。ちょっと確認してみる！」

七穂は自分の荷物からスマホを取り出し、背中を向けてどこぞに連絡を取りはじめた。

「どうしたの」

「今メール出した。阿部様のとこ。昼休みの時間帯だから、見てくれるかも」

話しているうちに、ちゃぶ台に置いたスマホが震えた。

「返信？」

「早い！　ビジネスマンの鑑(かがみ)！」

「それはあんまり関係ないんじゃ」

七穂は隆司の言葉を無視し、内容を手早く確認した。その場で「よっしゃ」と呟き、満面の笑みでこちらを振り返るからどきりとした。

「ありがとう隆司君。私……レシピの秘密がわかっちゃったかもしれない！」

＊＊＊

今日も仕事を特急で終わらせ、学童にいる茉里奈を連れて帰宅しても、夕飯作りは待ってくれない。時計を横目にジャケットを脱いで、代わりにエプロンを身につける。そして大急ぎでキッチンに立つ。

「ねえパパー。ばんごはんなにー？」

「今日はなー。カレーライスにするつもりだ」

「……へー」

いつもなら弾んだ声で喜ぶはずの茉里奈が、今回にかぎって控えめにうなずくだけなのは気になった。

最後に家で食べたカレーは、七穂が俊介の依頼で作った甘口カレーだった。あれで悲しい思い出のまま固定されてしまうのだけは、なんとしても避けたかった。

（ちょっと時間がない……ので、今日は時短カレーセットを使うぞ）

スーパーで売っている、皮をむかれた人参、ジャガイモ、玉ネギのセット。見かけた時は、どこの誰が使うのだと思っていたが、今ここにいる。ありがたく使わせてもらうことにした。

部屋の中も、数日前に代行で片付けてもらった貯金がまだ活きている。工作ワゴンのおかげで、茉里奈も散らかした後のリカバリーがきくようになった。しばらくは戦えるだろう。

俊介自身は焦っても、茉里奈を急かす回数が減った気がするので、これは本当にありがたいことだった。

カットされた肉と野菜を炒め、規定の水を入れて煮込む。

根菜類が煮えたら、一回火を止めてカレールーを割り入れる。いつもと同じ、バーボンカレーの辛口だ。

（親のカレーは、ひとまずこれでできあがりだ。ここから茉里奈のぶんを作るぞ）

小鍋を用意し、辛口のカレーをお玉で取り分けた。

さらに吊り戸棚を開け、ストックが入った取っ手つきボックスを取り出した。

（……まさかこれが甘口の秘密とはね）

昼休みに七穂から、問い合わせのメールがきたのだ。

――阿部様。お家でコーンスープを飲む習慣はありますか？
できればクルトンではなくて、粒入りタイプの。
粉末でお湯を入れて、できあがりになるやつです。

最初はいったい何事かと思った。そして石狩七穂は、神通力か何かの持ち主なのだろうか。確かに朝ご飯はいつも、パンとスープだった。ストックもこうして、各種取りそろえてある。

俊介は粉末コーンスープの小袋を千切り、規定量より若干少なめのお湯で溶いたものを、小鍋の中に注いだ。

あらためてよくかき混ぜて温め直せば、できあがるのはクリーミーで若干黄色みが増した、コーンスープ風カレーというわけだ。味見をするが、確かにちゃんとカレーであり、子供も食べられる辛さに落ち着いているからすごい。

まだ辛い時は、ストックのコーンスープを足してカレーの比率を下げ、逆にコーンスープの味が強すぎる時は、親のカレーを足して調整する。わかりやすいし、阿部家の買い置き習慣から考えれば、一番合理的な形だと思った。

七穂はカレーにトウモロコシの粒が入っていたのが、ヒントになったのだという。クルトンではなく粒入りを買うのは、他でもない俊介の好みだった。思いがけない巡り合わせもあったものだ。

（コーンだけじゃなくて、カボチャやジャガイモの粉末スープで味変してもおいしかったって、石狩さん言ってたな）

よく買う粉末スープには、トマトクリームやほうれん草のポタージュもあった。野菜嫌いの茉里奈でも、挑戦できるだろうか。

詳しい作り方を送ってもらい、電話で礼をした俊介に、七穂は最後こうも付け加えていた。

『今回は本当に、私も勉強になりました。阿部様の奥様が、自分なりに試行錯誤して調整を重ねてきたんですよね』

――七穂の言う通りだと思った。

誰に聞いたか自分で編み出したかは知らないが、これは真海の工夫の産物だ。

『みんなが笑顔になれるように、でも自分自身も辛くならない、そういう落とし所をちゃんと見つけてらっしゃったんですよ。実は一番難しいことだったりするんですけど』

聞いてくれ。うちの阿部真海は粘り強い最強のママで、最高の女だった。ご近所の斎場を満員にして沸かせるだけはある。そう思ったら、ここに来て妙に泣けて仕方なかった。遅れて玉ネギが染みたことにして、拳で顔をぬぐった。

「茉里奈。ご飯できたぞ。テーブル片付けなさい！」

泣くのはやめだ。俊介は笑いたいし、笑わせたいのだ。ここまでママがやってくれたようにだ。

しっかり生きる。誓った言葉を、決して無意味にはしない。

できたカレーをご飯とともに皿によそい、物が一つもない食卓に並べた。サラダは切ったキュウリと、くし切りトマトだけで勘弁してもらった。

「手、洗ったか？」

「あらった」

「じゃ、いただきます」

二人しかいない食卓は、これからも続くだろう。

俊介が作ったカレーを、茉里奈が恐る恐る口に入れる。ぱっと顔が明るくなる。

「――ママのカレーだ！」

「おいおい、米を飛ばすなよ。口に入れたまま喋るんじゃない」

俊介は苦笑しながら、箱のティッシュを差し出した。そうまずはここからでいい。心から祈るように思った。

＊＊＊

「……はい。それでは今後とも、どうぞよろしくお願いいたします。ええ、とんでもないことです。失礼いたします」

七穂は立ったままスマホの通話を終えると、大きく息をついた。

結果がわかるまでは、ずっと安心できなかったのである。

「どうだった？」

「んー……」

話をするために移動していた縁側から、もとの茶の間に戻ってくる。

いったん日が落ちると、表の寒さが古い木造の家の中まで染みてくるようだ。部屋自体を温めるためにストーブが焚かれ、熱源のこたつに深くもぐりこむと、指先に熱々の毛皮になったちゃみ様が触れた。

右腕だけこたつ布団から引き抜き、ピースサインを作る。

「成功。茉里奈ちゃん嬉しそうだったって」

「やったね」

「ほんとよー。人様の形見なんて貰って、外したら目も当てられなかったわよ」

一緒に謎のカレーを食べて意見を出し合い、ヒントまでくれた隆司には、感謝しかなかった。

「そもそもだよ。これって七穂ちゃんがやるべきことだったんだろうか」

「う」

今さらそんな、本質をつく突っ込みを。

「……そこはほら。お得意様を作るためのサービス？　おかげでちゃんと定期契約してもらったし。一種の初期投資」

「はいはい。偉いよね七穂ちゃんは」

半分は後付けの理由にすぎないというのも、なんとなく見透かされているような気がした。

確かに、自分は情に流されやすい傾向がある。役に立てるかもと思うと、採算を考える前に動いてしまいがちなのは、反省することなのだろう。

阿部様親子が、今後も手を取り合って生きやすくなるための手助け。そのこと自体に、後悔はないけれど――。

「まあでも、食べ慣れた母親の味が、なんだかんだ言って一番とも言うよね」

隆司がのぼせて出てきた猫の頭を、片手でなでながら言う。穏やかな横顔に、少しだけ胸が痛む自分がいた。

たぶん彼にとっても、特に他意はない一般論だとわかっている。それでもだ。

「一個でも取り戻せたのは、救いだったんじゃないかな」

「そうだね……」

隆司に子供時代のカレーの思い出を語ろうとして、ついごまかしてしまった。そもそも昔は、カレーライスが嫌いだったことが頭をよぎったのだ。

(おいしくなかったんだよね。お母さんのカレー)

母の恵実子は今も昔も、薬剤師として病院や薬局で働く人だ。

忙しい仕事先から帰ってきて、時間に追われながら作ったのがいけなかったのだろうか。性格的にせっかちな部分もあったかもしれない。根菜の芯が残り、玉ネギはいつもジャキジャキ。肉はなかなか嚙み切れなくて、食べると顎が疲れた。それが母の味であり、恵実子の作るカレーライスだった。

カレー自体に苦手意識があったが、給食で食べるカレーライスはなぜか普通に食べられた。そして外食や友達の家でカレーを食べる機会も増えると、遅ればせながら気づいたのである。まずいのはカレーではなく、母の腕の方ではないかと。

この衝撃の事実に気づいてしまった時、七穂はそれなりに後ろ暗い気持ちを抱いたものだ。

恵実子はあてにできない中、七穂は自分で料理などの家事を覚えた。参考にしたのは父方の祖母、石狩克子だった。

（克子おばあちゃん）

七穂が小さい頃は、祖父と一緒に栃木の大きな家に暮らしていた。そして夫である祖父が亡くなると、さっさと持ち家を引き払って、七穂たちの近くに越してきたのである。

何くれとなく家のことを手伝ってくれ、おいしいおかずを持ってきてくれたりと、克子の側で時間を潰すことも多かった子供時代だった。

――恵実子さんは、学があって手に職もあって偉いわよ。わたしの娘時代は、寿退社が当たり前だったもの。

克子の口癖だ。彼女は一家の共働きを応援していたと思う。基本的な家事のイロハは、克子のやり方を見て覚えたと言っていい。

その克子おばあちゃんも、七穂が高校在学中に鬼籍に入った。七穂は吹奏楽とバンドに熱を上げるようになった。実家には祖父と一緒に克子の遺影と位牌があって、恵実子は今も熱心に線香をあげているはずだ。

恵実子と最後に話したのは、いつだったろうと考える。夏の終わりに電話はしたが、けっきょく七穂の身辺に対するお小言になってケンカ別れだった。

あの人の望みは、娘が普通以上の会社に正社員として就職することだ。そして家事に興味関心がないから、娘の仕事も理解できない。立ち上げの時も反対された。今の今まで、前向きな言葉は貰えていない。

お母さん。私けっこうがんばってるんだけどな。

呟きは認められないから、心の中で唱えるだけだ。ただこういう秋の晩は、一足先に深まる寒さがいっそう背中からきて切なくなる。

「さぶ」

戸が開けっぱなしなのがいけないのだ。

七穂は身震いすると、縁側に面した障子を閉めるために、こたつから立ち上がった。

幕間　松五郎はちゃみ様である

松五郎は、根無し草の猫である。

生まれは整備工場のガレージだった。ボランティアだという人間の手で、多頭飼いの一家のもとに引き取られた。そこで窮屈な下っ端生活を数年を過ごし、ひどい雷の音を契機に飛び出して、以来その家には戻っていない。

首輪は藪か何かに引っ掛けた時に、金具のセーフティー機能であっけなく外れてしまった。完全なる野良猫生活の始まりだ。餌をくれる人間の家を数軒見つけ、その日の気分で巡回する生活をまた数年続けた。

トラ。チビ。ちび助。みな好きなようにこちらを呼んだ。

松五郎という名も、そのうちの一軒の人間が呼んでいた名にすぎない。

最近、新しい呼び名が増えた。

「ちゃみ様ー」

こたつの中にもぐっていると、人間の娘が松五郎のことを呼んだ。

「ごはんだよー。出ておいでー」

来いと言われてすぐに顔を出すのは、猫としての矜持（きょうじ）に関わるが、食事とあらば仕方ない。松五郎は潜んでいたこたつの穴蔵を出て、娘が縁側に用意した餌皿のカリカリを口にした。

「どう。おいしい？」

返事のかわりに、前脚で顔をぬぐう。小粒ながら魚の風味を感じて、なかなか美味である。娘の表情がゆるむ。松五郎はわりに愛くるしい外見をしている。

ちょっとした雨よけのつもりで滞在したこの家で、急に拉致（らち）され家猫の首輪をつけられたのは、不覚もいいところだった。しかし、松五郎も年なのだ。もともと小柄で非力なところに、寄る年波も相まって、寝床や餌を確保するのも苦労するようになっていた。ここらで落ち着けという、天の啓示だったのかもしれない。

家の中は雨も風も吹き込まないし、こうして待っていれば食事が出てくる。

何より多頭飼い一家の頃にあった、ぬくぬくのこたつやストーブにまたあたれるのがいい。あそこでは松五郎はチビの下っ端だったから、めったにヒーターがあたるベストポジションは取れなかったが、ここは人間の他は松五郎しかいない。ぬくぬくごろごろし放題だ。

庭にいる外猫たちが、ガラス戸の内側にいる松五郎を、同情半分憧憬半分のまなざしで見上げてくる。気持ちはわかる。自由はなくなり、かわりに三食昼寝つきの安心を手に入れたのだから。

「さてと、こたつが空いたところで掃除するか」

人間の娘が呟き、あの素晴らしいこたつのスイッチを切って、天板もやぐらもみな剝がしてしまった。

敷物もどかし、縁側の引き戸から埃をはたいて落とすと、今度は畳の目に沿って掃除機をかけ始める。ゴーゴーという無粋な轟音が、静かな屋敷の中に響き渡る。

なんというかこの娘、存在自体が予測不可能というか、普通に休んでいたかと思えば、いったん動きだすと本当にくるくるとよく働く。

そんな娘と一緒に暮らしているのが、これがまた正反対の人間なのだ。

掃除機がかかる座敷をよけて、問題の男が縁側にやってくる。

小脇に抱えた新聞紙を広げると、その上に鉢植えを置く。そして自分もあぐらをかくと、変な形のハサミを使い、ぱちんぱちんと枝の先を切りはじめる。

「これ？　たまには手入れもしないとね」

時折鉢の位置を変えたり、持ち上げて遠くに見たり、動作の一つ一つがゆるやかだ。そもそも立ち座りにあまり音をさせないのである。そして一箇所にとどまったら、しばらく集中して動かない。

「なんかいいなあ、隆司君。ちゃみ様と仲いいよね」

横で男の作業を見ていたら、娘が不満げに文句を言った。

そんなことを言われても、三秒後の動きがわからない人間と、基本動かない人間なら、動かない人間の方が御しやすいと思うのは当然だろう。

人間の男が、不思議そうにこちらを見る。松五郎はあくびをした。

「ね、オス同士わかりあっちゃってるよね。いいけどさ。ほらこたつの電気ついたよ」

茶の間の敷物が敷き直され、こたつ布団と天板も元通りになっていた。敷物とこたつ布団の隙間から、赤々とした光が漏れている。

そう、それでいいのだ。

松五郎は迷うことなく、ぬくぬくの中にもぐりこんだ。

人間の男も松五郎に遅れて、こたつの熱にあたりにやってくる。

笑っているのは人間の娘だ。なんだか松五郎たちをくさしているが、声が明るいからたぶん本気ではない。

繰り返す。松五郎は最近名前が増えた。

これが最後の名前になるかもしれない。

三章　ドントクライ、ベイビー

——雨だ。やっぱり降り出した。

二十人乗りのマイクロバスが斎場を出発し、焼き場へ向かうわずかな間に、表では小雨がぱらつくようになっていた。

「参ったな。傘はある？」

「涙雨ねえ」

バスが駐車場に到着しても、喪服姿の大人たちは、ぐずぐずしてなかなか外に出ようとしなかった。

七穂は一番後ろの席で、窓枠に頬杖をついて車酔いをがまんしていた。

いいから早くみんな出てよ。この窓固くて開かないし、バスは細い道ばっかり走るし、暖房ががんがんで気持ち悪いんだって。

幼いながら忍の一字で耐えていたら、不意に前の席に座っていた少年が、背もたれ越しに顔を出した。

「あのね、涙雨って、悲しい気持ちを表す雨なんだって」

いとこの隆司だった。

お人形なみに色白の綺麗な顔にさらさらの髪で、白いシャツと黒いブレザーのフォーマルが、子供ながらに品の良さを醸し出している。難しいこともよく言う子だ。

七穂は車酔いがひどかったので、無言でうなずいた。

「そう、そういうこと」

隆司は大事なことは伝えたとばかりに頬を紅潮させると、また頭を引っ込めた。

待っていても雨はやまず、ドア近くで渋滞していた大人の列もようやくはけた。七穂もバスの外に出ることができ、表の冷えた空気を存分に吸えるのが、とにかく嬉しかった。

そんな七穂の頭に、ビニール傘がさしかけられた。

「――風邪ひくぞ」

「お父さん」

「早く中に入ろう。寒いだろう」

喪服姿の父、義之(よしゆき)である。

「……やだな。こっちの方が、冷たくて気持ちいいのに」

建物は横に長い灰色のコンクリート造りで、大きく、そして古く、きっと中も同じように空気がこもっていると思うと、入るのがためらわれたのだ。

父の困り顔。わがままを諭すかと思いきや、彼は七穂の頭をなでた。

「そうだな……今は無理して入る必要もないかもな」

小雨がぱらつく駐車場で、父と二人でしばらく一緒にいた。しりとりをしたり、謎々を出し合ったりして。

覚えているのは、曇り空と涙雨の意味。そして若い父の淡々とした声。駐車場で繋いだ手が、想像以上に冷たかったこと。

七穂たちを残して焼き場へ消えていく、能面のような母の顔も。

——あれはいったい、誰の葬式だった？

「ん……」

七穂は、布団の中で目を覚ました。

しばらくまどろんでいても結論が出なかったので、思い切って起き上がる。鳥の巣のようにもつれる髪を、手でかきあげた。

古い古い記憶の夢。本当に誰の葬儀だったのか。克子が亡くなったのは、七穂が高校に上がってからなので、確実に違うと言えるのだが。

（隆司君がいたってことは、母方関係の誰かだよな……）

考えても、集まりの主体が思い出せない。だめだ。幼い頃に参列した葬儀や法事など、さしたる実感もないだろうから、こんなものだろうか。

「……おはよう七穂ちゃん」

隣の布団で寝ていた隆司が、まだ眠そうな声で話しかけてくる。

センター分けの刈り上げ坊ちゃんは、年を食ってけっこうな色気を醸造するようになったと思う。

「君が出てくる夢見た」

「そっか」

隆司は小さく笑った。あいにくと彼が喜ぶような艶っぽい話ではなく、葬式の夢だったので詳細は言わないことにした。

枕元に置いていた、自分のスマホに手を伸ばす。

（あ……メール来てる）

業務用のアドレスだ。『KAJINANA』のメールフォームから、転送されてきたものだろう。

いつもの癖で内容を確認しようとした七穂は、途中で差出人に気づき目をむいた。

「げ。増田だよ……」

「なに。どうした」

どうしたもこうしたも。

——増田大樹という人間がいる。

七穂が家事代行サービス『KAJINANA』を立ち上げた時、一番初めに依頼をしてくれた、お客様第一号だ。

エッジの効いたお洒落眼鏡にお洒落パーマの独身編集者で、捉えどころがないながらも、なんだかんだと長いことお得意様になってくれていた。

何を隠そう七穂は、彼に求婚されたことがある。

交際期間ゼロ。仕事中に、家事ができるということだけで申し込まれた。もちろんふざけた話で、丁重にお断りさせてもらった。以後、彼から依頼が来ることはなかったわけだが——。

「やあ。ごめんね、だいぶ間が空いちゃって。呼ぶの半年ぶりだっけ。いやもっとだった？」

七穂はただいま増田のマンションで、彼に頼まれ塊のベーコンを切っている。なぜか。ふるさと納税の返礼品で届いた加工肉の詰め合わせセットが使い切れないので、なんとか捌いてくれないかという、しょうもないリクエストが来たからだ。

（……ベーコンは厚めにぶつ切りにして、大根と一緒に鍋に入れてコンソメで煮込む。大根に串が刺せるぐらいやわらかくなったら、塩で味を調えて黒コショウをたっぷり挽こう。粒マスタードを添えてもよし）

大根は旬で、返礼品の国産ベーコンは惚れ惚れするほどの一級品だ。これでいい出汁が取れないとは言わせない。味付けは極限までシンプルでいいはずだ。

ロースハムは水にさらした薄切り玉ネギ、同じく薄く切ったレモンと一緒に、フレンチドレッシングでざっくりと和えてマリネにする。食べるまでは冷蔵庫に入れておくことにした。

「ねえ、元気だった？」

そして在宅で仕事をしているはずの増田は、さっきからカウンター越しにあれこれ話しかけてきて、気が散って仕方がない。

「……チョリソーは、何かご希望ありますか？」

「いや、別に。ただ焼いて食べるのも飽きちゃったんだよ」

「承知しました」

あと残るは、辛口ソーセージのチョリソー。七穂はあまり扱ったことはないが、高いものほどシンプルに、の路線を貫いて、ジャーマンポテトで行くことにした。

(芋は芽を取って皮ごとくし切り、チョリソーは斜め切り)

みじん切りのニンニクの香りを移したオリーブオイルで、全体に焼き色がつくまでじっくり炒め、さらにバターと醤油ひとたらし、パセリを振ればできあがりだ。

「めっちゃくちゃいい匂い。いつでもこれにありつける奴は幸せだろうな」

「――あの、増田様。メールでも申し上げましたが、口説き前提でしたら今すぐ帰りますからね。私彼氏いますし、一緒に暮らしてますんで」

「は。いや、冗談だよ。そんな雑談程度で過敏に受け取られても困るんだけど……」

露骨に困惑されてしまい、逆に七穂が気まずい思いをするはめになった。

確かに少々自意識過剰だったかもしれない。

いくら過去にプロポーズされたとはいえ、ほとんど冗談のようなものだったし、それで何をお客様相手に、力一杯恋人の有無を語っているのだ自分は。

「へー、でも彼氏はできたんだね。それはおめでとう。相手どんな人?」

「すみません。できれば忘れてください……」

「俺は君に関しては、最初からすっぱり切り替えて忘れてたんだよね。だから依頼もしなかった」

さようでございますか。それはすごい。目の前のことに集中し、右から左に聞き流す。

「それでしばらく記憶に上がることもなかったんだけど……次の企画のインタビューにどうかと思って」

「インタビュー?」

七穂は初めて、ジャーマンポテトを耐熱ガラス容器に移す作業の手を止め、増田に向き直った。

増田はカウンターに肘をついたまま、空いた手で名刺を七穂の方へ滑らせた。

エプロンで手を拭き、名刺を受け取る。

『周壇社・チエノワ副編集長・増田大樹』

――どうやら増田の、仕事上の肩書きらしい。周壇社といえば、三大少年誌も出している大手出版社だ。思わず目の前の、チャラけた顔と見比べてしまった。

「ほんとは俺、メンズファッション誌に行きたかったんだけどさ。ずっと志望通らなくて、なんでか中高年向けの情報誌を担当してるんだよね。なんの陰謀かと思うよ」

「感性がナウなヤングだからでは」

「はい?」

「いえ、チエノワいい雑誌だと思いますよ……うちの母もたまに買ってた気が」

「そう。それはどうもありがとう」

温度のない声で増田は言った。

「今、『令和のシゴト人』ってタイトルで、毎月色んなジャンルの職と生き方を取り上げるコーナーがあるんだ。けっこう色んな人に取材したよ。宇宙飛行士とか、代議士の先生とか登山家とか。石狩さん、『ＫＡＪＩＮＡＮＡ』の代表としてうちの取材受けてみない？」

「え、いや、無理ですってそんな！」

七穂は慌てて首を横に振った。

「なんで？」

「なんでって。恐れ多いっていうか……見劣りしませんか」

今上げられた職業の、そうそうたるスケール感に比べ、こちらはただの家事代行業なのだ。しかも責任者＝実行者＝私の一人自営業である。

「職の規模は関係ないんだ。天上人ばっかり取り上げても、意識高い高いで共感されないしね」

「失礼ですが、増田様はこの職業にかなり偏見があるように思います……」

七穂の仕事中に口説いて、プロポーズするような男なのだ。家事をする＝嫁の代わりと書かれてはたまらない。

「俺の価値観は、あくまで俺のものだよ。雑誌の編集方針とごっちゃにするつもりはないし」

　あっけらかんと増田は言った。

「チエノワのテーマは、『女性の知恵とくらしの輪』だから。家事することが身に染みてる中高年世代に、シゴトとして家事を提供する石狩さんの考えをぶつけてみたいんだよね。なんでこのシゴトをするのか。どうしてやろうと思ったのか。石狩さんにとっても宣伝になるし、悪い話じゃないと思うんだけど」

　七穂は言葉に詰まった。

　――悔しい。増田大樹のくせにまともなことを言っている、気がする。

　増田はチエノワの発行部数と、インタビューを受けた場合の謝礼の話もしてくれた。なおも渋る七穂に、「実際の記事読んでから考えて」と、チエノワのバックナンバーを何冊もくれた。

（どうしたもんか）

　今、七穂は仕事を終えて車のハンドルを握っている。

　助手席には雑誌のバックナンバーが入った周壇社の紙袋が置いてあり、信号が赤になるたびちらちらと視界に入る。

『ぶっちゃけると取材してまとめるのは俺じゃなくて、ライターさんだから。そんな変なことにならないと思うよ』

こういうことを包み隠さず言ってしまうあたり、増田にデリカシーはないが一周回って信用はおけるのかもしれない。どうだろう、さすがに危険な考えだろうか。

とにかく家に帰って、落ち着いて雑誌を読んでみようと思った。

ショッピングモールの看板を目印に横道へ入り、小川の橋と神社を抜けると、我楽亭を囲う雑木林と垣根が見えてくる。

垣根の椿は十一月の半ばに一つ咲いたと思えば、それから次々に開花を始めて、下旬の今はさながら椿屋敷といった趣(おもむき)だ。花の色は赤、白、斑(まだら)入りと種類も豊富で、遅咲きと早咲きの品種があるらしく、このまま冬いっぱいは目を楽しませてくれるだろう。

しかし——日没も刻一刻と早くなり、夕暮れの儚(はかな)い西日に照らされる様は風情があるが、歩道に落ちる花びらや垣根越しに舞う落ち葉もそれなりだ。まめに掃き掃除をせねばと心に誓った。

(……ん？)

隣の空き地に車を駐めようと思ったら、いつもの定位置に別の車が停まっていた。

七穂は首をひねりつつも、別の空きスペースに車を駐めた。そして外に出てから、あらためてその車の様子を眺めてみた。

見慣れない白のＥＶセダンだ。しかもフロントのエンブレムに特徴がある、高級外車。ナンバープレートは、東京の世田谷ナンバー。

はて。いったい誰の車だろう。

確かこの空き地は我楽亭の土地で、他に駐車場の契約などはしていないと聞いている。よもやこんなピカピカして高そうな車が、無断駐車か？

「隆司くーん。表の変な車、なんだかわかる——？」

七穂は喋りながら玄関のドアを開け、靴を脱いで室内に上がった。

「空き地にどーんと駐めてあってさー、おかげで水たまりのあるとこに駐めるはめになっちゃって、参ったよ——」

そして茶の間にいたのは、その結羽木隆司と、パステルカラーのツーピースを着た、五十代半ばから後半とおぼしき女性である。

こたつの右側に座る隆司の顔はひきつっており、反対側に正座する女性は、スーツの傍らにちゃみ様をはべらせてご満悦といった雰囲気であった。

「あらっ、ごめんなさいね。つい近いところから駐めちゃって。場所が決まってたのね」

「いえ……私のボロよりずっと、駐めるのにふさわしい方だと思います……」

何しろ、持ち主の親なのだから。

七穂の右手から、雑誌入りの紙袋がどさりと落ちた。

ちゃみ様が七穂に向かって歩いてきて、甘えた仕草で体をすりつけ「にゃーお」と鳴いた。

いやもう、どうしよう。思いっきり『変な車』とか言っちゃったぞ。

結羽木千登世は、こちらにおわすマダムは、直接の血こそ繋がっていないが、結羽木隆司の母親だ。そして七穂の母、恵実子の妹である。七穂にとっては、母方の叔母という立場にあった。一般庶民ながらユーキ電器の創業者一族に嫁いで、夫と一緒に日本と各国の支社を行き来してきた人だ。

顔立ちは恵実子とよく似た昭和のアイドル顔。ただし恵実子が原田知世の無駄遣いのような険しさを持つとするなら、千登世はその顔をフルに活かす女らしさとやわらかさがあると思う。今も丁寧に髪を巻いたヘアスタイルや、ノーカラーの甘いデザインのスーツが、よく似合っていた。

「あの、寒いですよね。ストーブ入れましょうね。ちょっとお待ちください」

七穂は一息に言うと、隣の和室に置いたままにしていたジャスミン・ブルークラウンを運んできて、千登世が一番快適になる場所に設置した。階段簞笥の引き出しからマッチを取ってきて、手早く着火する。そしてふだんはそっけないちゃみ様が、さっきからずっと絡んでくるので嫌な予感がしていたが、こたつに手を差し入れたら冷たかった。

　スイッチを！　誰も入れていない！

　思わず叫びたくなりながらオンにする。ちゃみ様はすんと静まり、やぐらの赤い光の中へ消えていった。

「お茶を……」

「いいよ七穂ちゃん」

「そうよ、七穂ちゃん。あなたもお座りなさいな」

　そんなこと言われても。むしろ唯一の逃げ道だと思っていたのに。

　七穂はどうしようもない、間の悪さと居心地の悪さに襲われていた。

「これ、ジャスミンの石油ストーブ？　今でもちゃんと使えるのね」

　記憶の中の千登世はいつも上品で、真っ黒に日焼けして野猿のような七穂にも、おっとり笑うような人だった。しかしそれは十何年も前、子供時代の話だ。

（なんか、まずくない？　私ここにいていいの？）

　その家族ぐるみで交流していた時代も、ハイソな彼女と親しくなれるような遊びはできなかった。特にこれといった共通点もないまま隆司の中学受験が始まり、親子そろって疎遠になっていた時間が長い。今も姉の恵実子とはよく連絡を取り合っているようだが、七穂自身が彼女とかわした会話はとても少ないのだ。まして今現在の七穂をどう思っているか、さっぱり不明なのである。

穏やかそうな顔をしていても、内心腹をたてているかもしれない。ほら、勝手にお祖父様の家に居座ったあげく同棲までして、挨拶もなしとはいい度胸だと詰められる可能性はないだろうか。いくら親戚とはいえ、いや親戚だからこそなあなあにしてはいけなかったと言われれば、ぐうの音も出ないのである。

「千登世おばさん。帰国されてたんですね……」

「そうなのよ。だから一度会って食事でもしましょうって言ったのに、この子ったらなしのつぶてなんだもの。仕方がないから私が来たの」

「七穂ちゃんは嫌だって言うんだから、おとなしく諦めてよ」

この野郎。こういう時に、人を引き合いに出すんじゃない！　はっ倒すぞこら！

心の中で隆司の頭を全力ではたきながら、七穂も同じ部屋に正座するしかなかった。

しかしあんまりな隆司の言い分を聞いても、当の千登世のまなざしは優しいままだった。少し悲しそうにひそめた眉さえ品があった。

「お父様ね、これからはユーキ電器ジャパンのＣＥＯとして経営にあたるそうよ」

「そう。なら母さんも日本にいられるね。よかったじゃない」

「もっと早く、せめて私だけでも帰国したかったわ。連絡が取れないと思ったら、次はアウルテックの訴訟なんて聞かされてごらんなさいよ。どれだけ心配したことか。先方の高見専務は、大事なご子息をお守りできなくて申し訳ないとまでおっしゃっていたのよ」

「あれは起きるべくして起きた事件だし、俺は責任が取りたかっただけなんだ。父さんにまで迷惑かけたのは申し訳ないけど、俺はあの業界に戻る気はないよ。本当に失望させてごめん」

「失望だなんて……」

千登世は言葉を詰まらせた。

心をこめて訴えても、隆司には届かない悲しさ。しかしそうか、この雰囲気が隆司と重なるのだと思い至った。

顔より仕草。やわらかい物腰と、憂いのある表情はそっくりだ。

「隆司。あなた、今楽しい？」

「楽しいよ。恥ずかしげもなく断言するぐらいには」

隆司は養い親の目を見たまま、真顔で続けた。ふだん自分の心情を話すことが少ないだけあり、これは七穂としても意外な言葉だった。

「水島を殺して、死ぬことしか考えてなかったのに、今は生きたいって思うんだ。本当だよ」

「そう。それならよかったわ……それさえ聞ければ私は……」

千登世は震え声で呟き、自分のブランドバッグからハンカチを取り出した。涙をおさえるその姿に、七穂まで鼻の奥がつんとした。

ひねたことばかり考えてしまった、自分を殴りたい。

彼女は本当に、隆司の身を案じてきたのだろう。養子も何も、育てた自分の子供なのだから。

海を隔てて離れたところにいて、息子が変わり意思の疎通もままならないとなれば、心配にもなる。だから彼女は姉の恵実子に相談し、恵実子は自分の娘に様子を見に行かせた。始まりはそこだったのだから。

（大丈夫だよ、千登世おばさん）

どうかここにいる彼を、よく見てほしい。

「あの、おばさん。本当に隆司君、元気になったと思うんですよ。ご飯もちゃんと食べるようになりましたし」

「ええ、聞いてるわ。七穂ちゃんがずっと差し入れしてくれたそうね。恩人だって。ありがとうね」

隆司は紆余曲折（うよきょくせつ）を経て、ずいぶんと前を向いて生きるようになった。

地球を半周するぐらい悩みに悩んで、新天地で職まで見つけ、結羽木茂氏から受け継いだここ我楽亭で、猫と盆栽をいじって楽しく暮らす道を選んだ。それはここにいる七穂が保証してもいい。

石狩七穂にとっても人生迷子の時期で、大事な人に背中を沢山押して貰った、そんな夏休みだった。

「俺もいい年だしさ、しょっちゅうべたべたするのはなんか違うと思うけど、でもちゃんと思ってるから。父さんのことも母さんのことも」

まるで普通の親に向かって言うようなことを、隆司は言う。

彼にとっては、もうとっくにそういう対象だったのかもしれない。

少しだけ表情をやわらげた。

「母さん、このあと暇？」

「どうかしたの？」

「よかったら、このまま夕飯でも食べていかない？　七穂ちゃんが作る料理、ちょっと変で面白いんだよ」

「そこは素直においしいって言ってよ！」

思わず素で突っ込んでしまった。我に返っても遅かった。

気まずさに身をすくめる七穂に、千登世が泣き笑いで「そうね」と言ったので、たぶんセーフなのだろう。

しかし——いざ夕飯と言われても、何を作ればいいものやら。

上だけ部屋着に着替え、七穂は台所で思案した。

「今、あんまり大したものないんだよね。買い物してくればよかった」

「普通に冷蔵庫にあるおかずを、温めればいいんじゃないの？　あとは塩鮭かししゃもでも焼いて。ご飯は炊いてあるし」

「それは私的におもてなしにならない！　いくらなんでも失礼すぎ」

「え、そうなの。ごめん、面倒なことになったね……」

「いいから隆司君は、千登世おばさんのとこ行きなよ。話して時間稼いできて」

「わかった……」

隆司が頭をかきながら、台所を出ていった。気が乗らなくて嫌というより、本当に長話が苦手なのだろう。

そうなると、引き延ばすにも限度がある。七穂としても、あまり食事時間が遅くなるのは好ましくなかった。

冷蔵庫を開け、中をあらためて吟味する。いつもの二人前を、三人前にする必要もあり、やはり一部は作り置きの常備菜を流用するしかなさそうだ。

よし。メインは決定した。

七穂は冷凍してあった鶏もも肉を解凍し、食べやすい大きさに切ってからビニール袋へ入れ、塩コショウを揉み込んで小麦粉もまぶした。

これはやや多めの油で、揚げ焼きにする。

フライパンでこんがり色よく揚がったら、油を切ってそれぞれの器へ。

（で、ここに冷蔵庫から取り出した作り置きおかず、『カボチャとレンコンの南蛮漬け』を、どばーっと景気よくぶっかけると……）

するとあら不思議。初めからお肉が入っていたかのような、メインを張れる南蛮漬けに大変身ときた。決してせこいと言ってはいけない。

野菜の南蛮漬け自体は、砂糖・醤油・酢に水と鷹の爪で南蛮酢を作り、そこにインゲンや茄子のような夏野菜から、今回のカボチャやレンコンのような冬においしい野菜まで、適当に素揚げして突っ込めば失敗がないので、よく作っていた。

野菜だけでは副菜の域を出ないが、メインに昇格させたければ鶏肉や豚肉、生鮭などを随時揚げて足せばいいので便利なのである。

（ご飯は……この半端に余ったひじき煮を入れて、混ぜご飯にしよう）

そうだそうだそうしよう。

例のカリカリ梅も混ぜた、ひじきの煮物だ。人参と油揚げ、そして梅の赤がアクセントになって、見栄えもいいはず。炊きたてご飯に混ぜれば、なんとなく凝った炊き込みご飯風に見えなくもない。

あともう一品は、おとなしく作り置きの惣菜をそのまま出すことにした。出汁と薄口醤油などの漬け汁ごと保存していた、小松菜とキャベツのおひたしだ。保存容器から出して食べやすい大きさに切り、小洒落たパスタ屋よろしく小鉢に高めに盛り付けて、ふわっと鰹節（かつおぶし）をかけるだけ。

「汁物、汁物だけはいちから作る……」

インスタントには逃げるまい。

お湯を沸かす。出汁の素を入れる。味噌、乾燥わかめ、豆腐。超王道のお味噌汁。味見をして、濃さに問題ないことを確認する。

「よっしできた！」

ここまでのタイムを見ても、なかなかのスピード感だった。

茶の間をのぞきにいくと、隆司はがんばって親との会話のラリーを試みていたようだ。七穂の顔を見て、砂漠に水を見つけたように相好を崩した。

「遅くなってすみません。お夕飯できました！」

「あらあら、もう？　お手伝いもしないでごめんなさいね」

「いえ、いいんです。おばさんのお口に合えばいいんですが」

こたつの天板を拭き、三人分の料理を並べ、いざ実食となった。

「本当においしそうね。わざわざありがとう」

「ありあわせのものですから。おほほほ」

口をおさえて上品ぶってみせるが、まさか本当にありあわせのみで乗り切ったとは思うまい。

（ちょっと緊張するな……おばさん完璧セレブだからなー）

隆司の話を聞くかぎり、作る料理は料理教室仕込みの王道のメニューが多かったようだ。本格インドカレーもパテから作るハンバーガーも、たぶんレシピがあればなんとかなるとは思うが、日常的にやれと言われればたぶん無理だ。どこかで飽きて違うものになる自信がある。

七穂のアドリブとアレンジだらけの自己流料理に、顔をしかめることにならなければいいのだが——。

（う。やめよう悲観するのは）

とりあえず今は、自分のぶんを食べる。

南蛮漬けはほくほくに揚がったカボチャにしゃきしゃきのレンコン、どちらにも甘酸っぱい味がよく染みていて、そこに揚げたて鶏のジューシー感が加わっていいハーモニーを奏でていると思う。逆におひたしは、甘味のないキリッとした薄味に仕立てた。油物の口直しには、うってつけの副菜だ。ひじき煮の混ぜご飯もほどよい塩気で、おかずたちの邪魔をしない。

隆司と千登世は、そっくりコピーしたような箸使いで料理を食べている。

「ね？　面白いだろ？」

「本当ね」

何をうなずき合ってるの？　それはどういう意味なの？　思わず詰め寄りそうになった。

「七穂ちゃんは、今は家事代行のお仕事をしてるんですって？」

「あ……そうです。最初は事務系で正社員の仕事を探してたんですが、なかなか見つからなくて。でも仕方なくってわけじゃなくて、今はこれでやっていきたいって思っていまして」

「立派じゃないの。全部自分でやっているんでしょう？　しっかり自分の力で稼いで自立して、さすが恵実子姉さんの子よ」

まさかの返答に、頰が熱かった。

「はは、七穂ちゃん照れてるよ」

「可愛いわね」

うるさい、いいから食べてくれと思った。こういうのには慣れていないのだ。

ふだん褒められ慣れていないせいか、珍しく真正面から賞賛されると、どうしていいかわからない。七穂はうろたえながら、「ありがとうございます」を繰り返した。

「私はほんと、昔からぼんやりしているから。その点、姉さんはすごかったわよ。勉強も運動もよくできて」

それは七穂も身に染みて知っていることだった。

母の恵実子も隆司ほどではないが、突然変異的に生まれた優等生らしく、ど田舎(いなか)の学校からストレートで国立の薬学部に行ったと、地元ではちょっとした伝説を残したと聞く。

そんな母の視点で見れば、七穂は期待外れのポンコツ娘だった。隆司の真似でやらされたピアノは続かず、成績は部活にかまけてぱっとせず、そして貴重な新卒カードもドブに捨てて派遣でふらふらして、今ここだ。いったい誰に似たのやらと思っていることだろう。

「ねえ隆司。この家、まだグランドピアノは置いてあるの?」

「あるよ一応」

「なら、後で弾いてちょうだい。ひさしぶりにあなたの演奏、聴いてみたくなったわ」

「え……」

「あー、私も聴きたい。弾いて弾いて」

隆司がためらう隙を与えず、七穂もたたみかけた。

不意打ちのピンチにもめげず、ここまでがんばって夕飯まで作ったのである。これぐらいの恩恵はあっていいだろうと、暗に訴えた。

「……わかった。やるよ」

女二人の目力が勝ったようだ。隆司はため息をついた。そうだやれやれ。


夕飯を食べ終えると、離れの洋館に移動した。

すっかり隆司の仕事場と化した書斎を抜け、続きのサンルームがピアノのある場所だ。母屋の砂壁を修理したのと同時期に、メンテと調律もお願いしたので、コンディションはここ数年で一番のはずである。

ピアノの屋根部分に、隆司が世話をしている盆栽が置かれたままだった。それを窓際に移動させ、演奏がよく見える特等席に椅子を二脚置く。

「千登世おばさん、ここどうぞ」

「ああ、ありがとう」

物珍しそうに真柏の枝振りを見ていた千登世が、優雅に腰をおろす。

「懐かしいわあ、いつ以来かしら。茂お祖父様がまだいらっしゃった頃よね」

隆司もピアノの前につき、腕を回した。

「それじゃ、一曲だけね」

「えー、ケチくさい」

抗議を無視して演奏が始まった。

ショパンの夜想曲(ノクターン)第二番だった。丁寧なアルペジオの伴奏に、ゆったりとしたメロディーが重なる。秋と冬のはざまのような、この時季の夜にうってつけの曲だ。

相変わらず上手いし、弾く姿が絵になる男だった。あの実直に過ぎる性格でどうしてこんなに繊細で、心をかき立てるように弾けるのかわからない。七穂は隆司のピアノを聴くのがかなり好きだ。

「やっぱり弾かないとタッチは甘くなるわね。楽しそうだからいいけど」

言ったのは千登世だった。隣の七穂にだけ聞こえる小声だが、まるでレッスン場にいるような視線を、隆司に向けていた。

「厳しいんですね」

「練習をずっと見ていたのは私よ。自分はろくに弾けないのによくやったわ」

確かに幼い隆司にピアノを習わせ、日々のレッスンやコンクールにもつきあってきた人なのだ。勢い基準も厳しくなるのかもしれない。

「今日ね、あなたのお料理を食べて、すごく懐かしくなったの。私も実家ではそういう料理を食べていたし、作ってもいたなって、思い出してあたたかい気持ちになった」

「私は……母から料理はほとんど習ってませんよ」

「なんとなくの雰囲気よ。作る時の姿勢みたいなもの？　家に今あるもので、できるだけ早く味もよくって。家庭料理って本来そういうものじゃない」

七穂は内心冷や汗ものだった。さすがはカリスマ主婦、ばれている。実は今日の食卓が、ほぼ冷蔵庫の繰り回し品であることも、お見通しだったようだ。

「素朴で親しみやすい、家庭の味。隆司には一度も出したことがないけど」

「……それは、すごいことだと思います……」

「違うのよ。怖くて出せなかったの。自分の家の味なんて」

千登世は隆司を見ながら、自嘲気味に笑った。

「隆司はね……アメリカの現地雇用で採用した、日系人スタッフの子なのよ。夫婦が事故に遭って亡くなって、夫と相談してうちで引き取ったの。ちょうどうちに子供ができないってわかった頃でね。少しは聞いてるでしょう？」

「なんとなくは……」

「庶民のくせに創業者一族に嫁いで、跡継ぎを産むっていう、最低限の務めさえ果たせなかった人間よ。体裁(ていさい)では遠縁ってことにはしてあるけど、何があっても大事に育てないとと思ったわ。寝ている時は息をしているか心配で、笑えば誇らしくて。そういう経験をさせてもらったことは感謝しているの、心から」

　ここまで詳細なのは初めてだ、とは言えなかった。

　千登世が初めてこちらを振り返って、見つめ返してきた。母の恵実子ほど強くはない、でも姪(めい)を相手に真摯(しんし)な顔ができる人だと思った。

「あの子、あなたの料理が面白いって言ってた」

「そうですね。いつも不思議そうな顔しますけど、なんだかんだ完食してます」

「私がためらって出せなかったものを、面白いって。ねえ七穂ちゃん。無理はしなくていいけど、気持ちが向くかぎりは隆司の側にいてあげて。お願いよ」

　千登世の頼みに、七穂は曖昧にだがうなずいた。

「彼と約束してますから」

　夜想曲(ノクターン)は、いつしかテンポを変えてジャズ調になった。隆司が意味ありげに顔を上げる。いつまでも客席で喋っていないで、参戦しろということか。

(よっしゃ、わかった)

　七穂はカーディガンの腕をまくる。部屋の隅に置いてあったバケツとスティックを持って、隆司のピアノにドラムとして加わった。アドリブに次ぐアドリブの応酬はいつも嚙み合うとはいかず、もちろん失敗もした。

「今！　今のは隆司君がとちった！」

「気のせいじゃない？」

その場のノリで適当に奏でる音楽を、椅子に座る千登世はずっと、目を細めて聴き続けていた。目尻に光るものがあったのは、知らないふりをした。

＊＊＊

洋館での即興演奏会が終わると、千登世は予定通り帰っていった。

「家に台風が来た気分だ」

「ずいぶんエレガントな台風ね」

玄関先に並んで千登世を見送り、隆司がぼやいている。

千登世としてはそんな息子の無事な姿が見られて、一安心だったろう。最後に見た顔は、ずいぶん明るいものだったからよかったと思う。

「優しいよね、七穂ちゃん」

「褒めてもなんにも出ないよ。先お風呂入るね。お皿洗いよろしく」

なんとなく抱きしめられる波動を感じたので、牽制して風呂場に行くことにした。

浴槽にたっぷりのお湯を沸かして、ついでに庭の椿も花を少し貰ってきて、椿風呂とする。

効能はよく知らないが、見た目が綺麗なのでやってみたいと思っていたのだ。昭和感漂う、タイルとモルタルでできた古い浴室。その浴槽に大ぶりの赤い花をいくつか浮かべてみたら、想像以上の映え具合だった。七穂は慌ててスマホをつかんできて、入浴前の全景を撮影した。

これは『猫と肉じゃが』のアカウントで、更新に使うことにした。

（来月の柚子湯も期待できる予感……）

見た目だけではなく、実際に入っても癒やしの力は素晴らしかった。やはり色々と気を張っていたのだ。ここまでの緊張と疲れが、浴室いっぱいの湯気と一緒に全部流れ落ちていく気がした。

洗った髪に使うヘアオイルも、そういえば椿だった。

上々の気分で風呂を出て、茶の間の続きの部屋に布団を敷く。

放置していたチエノワのバックナンバーを、ようやく開いてみた。

（……ほんとに変な記事はないみたい）

ぱらぱらと数ヶ月分の連載を追ってみた上での、感想である。

増田が言っていた『令和のシゴト人』には、確かに色々な人が取り上げられていた。

どんな職でも人となりや動機などに重きが置かれているようで、難関資格の士業でも、伝統と格式の職人でも、今時の横文字クリエイティブ職でも、読み応えの点ではまったく変わらないのが面白い。

こんな感じで、七穂の家事代行サービスのことも、リスペクトしながら取り上げてくれるのだろうか。

「何読んでるの？」

七穂に続いて風呂に入ってきたらしい隆司が、寝間着姿で部屋に入ってきた。七穂は雑誌を閉じた。

「ちょっとね。なんでもない」

「今日はごめん。いきなり母さんが来るとは思わなくて」

隆司が布団に腰をおろした。触れはしないが、距離は近い。風呂上がりのさらさらした前髪の間に、ちょっと熱っぽい目があった。

「俺がピアノ弾いてる時、なんの話してたの？」

「素晴らしい演奏ね。彼こそはグレン・グールドの再来ですわ」

「俺でもわかる嘘はやめようよ」

からかいたくなるのは、逃げたくなるからだ。そういう臆病さは、時に隆司の情熱的な口づけなどで押しつぶしてしまうにかぎった。その場で彼の抱擁（ほうよう）も全て受け入れた。

「私のこと恩人なんて言ってたんだ」

「一生物のね。愛してる」

服の下に手が触れた時は、目を閉じていてもくらくらしてくる。

自分には欠けた部分があるようで、それは小さい頃からの満たされない欲求や感情などが大きいのだが、別の形で補填することもまた可能なのを最近知った。たとえば誰かのために、仕事としての家事をすること、あるいは強く誰かに愛されたりすることだ。

翌日、七穂は増田にインタビューを了承するメールを出した。

＊＊＊

――色よい返事ありがとう。まあ絶対受けるとは思ったけどね。

十二月×日～○日までの間で、時間取れる日ある？　都合いい時に周壇社まで来てくれると嬉しいんだけど。

あ、もちろん君の家でインタビューでもいいよ。

（増田め。どこまで上からなんだ）

文面を読み返すたびに腹がたってくるが、一緒に出版社への地図も貼ってあるため、見ないわけにもいかなかった。

かくして七穂は、指定の日時に地下鉄を乗り継ぎ、周壇社のビルを目指しているところである。我楽亭をインタビュー場所にするのを、真っ先に避けた結果でもあった。万が一にも増田に隆司のことを知られて、あれこれこすられてはたまらないと思ったからだ。

新宿でも渋谷でもない、ふだんあまり行かない都心の地下鉄駅を出ると、これと言って特徴のないオフィスビルがひしめいていた。七穂はその中から、苦労して住所の建物を探した。

（あった。周壇社第一ビル）

小綺麗な受付でチエノワ編集部と増田の名前を出すと、来館証を渡され、指定の階までエレベーターに乗れと言われて乗った。

籠が上昇していく。

（……すごいアウェイ感）

ここに来るまでの短い通路にも、今乗っているエレベーターにも、本や漫画のポスターが貼ってあり、今期やっているドラマの原作はここで出していたのかと、変な知恵もついてしまった。

　ドアが開くと、エレベーターホールに増田と、知らない女性が立っていた。

「や、石狩さん。おつかれ」

　増田大樹はいつものお洒落眼鏡にお洒落パーマで、依頼の時と違うのは顔半分がマスクなことと、Vネックのニットの首から社員証をさげていることぐらいか。それでも知った顔があるのは、たとえ増田であろうとも少し安心した。

「風邪ですか？」

「うん、まんまと流行りにのっちゃったよ。看病してくれる？」

「しません」

　別に世代でもないだろうに、コンプラを二十世紀の谷に捨ててきたとしか思えないのはなぜなのか。

　そんな増田と微妙に距離を取って立っているのが、四十歳前後の女性だった。

　細身の体にキャメルのチェスターコート。シャーリングの沢山入った紺ブラウスと、ウールのパンツスタイルである。髪はブラウンのボブ。肩に容量大きめのトートバッグをさげている。色白で、大きな目に細い金縁の眼鏡が知的な印象だ。

　彼女は増田と同じ社員証は、さげていなかった。

「この人ね、ライターの石毛さん」

「初めまして、石狩さん。本日インタビューをさせていただく、ライターの石毛真紀と申します」

「あ、どうも。こちらこそ。石狩です……」

「それじゃあお二人さん。無事顔合わせもすんだってことで、俺はこのへんで。石毛さん、あとはまるっとよしなにお任せしますね」

増田はそう言って、両手をデニムの後ろポケットに突っ込み、デスクがひしめきあう奥のブースへと去っていった。

本当に顔を出すのみかよ。何しに来たんだいったい。

「よしなにってね……毎度適当すぎるのよ……」

思わず自分の心の声が、外に漏れたのかと思った。実際に口に出したのは七穂ではなく、目の前のライター石毛真紀だった。ついまじまじと見てしまい、彼女は我に返って顔を赤くした。

「すみません。増田さん、いつもあんな感じなもので」

「いえ、わかります。ものすごくわかります」

「とりあえず、移動しましょうか。早く換気したいし。会議室おさえてもらってるので。カメラマンさんも後から来ます」

全然関係ないところで、増田の愚痴で盛り上がれると思ってしまった。

「風邪って今、流行ってますか？」

「そうですね、周りでも学級閉鎖とか、ぼちぼち聞きますね……」

「こわ」

同じフロアの小会議室に移動し、窓を薄く開け、各自椅子に荷物を置いてコートを脱いだ。

「……半袖？」

七穂のダウンコートの下が、チノパンに紺のポロシャツ一枚だったことが珍しかったようだ。七穂は笑った。

「いつもこの格好で、仕事先を訪問してるんですよ。今日も午前中に一件回ってきました」

ようするに制服のようなものだ。

家に知らない人を入れるなら、極力見た目をいじった感じがしない、無味無臭で清潔な人間の方が安心できると思う女性は多い。男性だったらなおさら、変な化粧っ気がない方がトラブルが防止できる。

そして七穂は家事代行サービスの仕事を話しに来たので、映えるワンピースよりも仕事着の方が伝えやすいと思ったのである。

そういうことを立ったまま石毛に軽く話すと、彼女の薄いレンズの奥で、目つきが変わったような気がした。

　スイッチが入る――何か掘るべきものを見つけたのかもしれない。

「寒くないんですか？」

「動いてるんでそれほどは。家の中の作業が多いですしね。でもちょっと考えなきゃって思いました」

「意外に重労働ですよね、掃除とか――」

　お互い席につき、同意の上で録音も開始する。

　石毛はたとえ相手に鉱脈を見つけたとしても、すぐに狙って掘り返すような、不躾な真似はしなかった。まずは関連する雑談から始め、そこから少しずつ内側に、相手の反応を見ながら質問の範囲を狭めていく感じだった。

「お仕事をされて、今どれぐらいですか？」

「三年目に入ったところです」

「お一人でやってらっしゃると伺いました」

「はい。立ち上げから全部、私一人でやったので、最初はかなりきつかったですけど、今はリピーターさんのおかげでなんとか。ありがたいです」

「個人の希望を叶える、フルオーダーメイドのサービスが『ＫＡＪＩＮＡＮＡ』の特徴だそうですね。細かい要望もヒアリングして、オリジナルのプランを作るとか」

「いわゆる家事って、マニュアル化しづらいものの筆頭だと思うんですよ。だからできるかぎり、各ご家庭の事情ややり方に合わせたいと思ってて。その上で、暮らしやすくなるための提案も必要でしたら、こちらでします」

「たとえば？」

「そうですね。散らかりがちな、お子さんのお道具のしまい方とか。直接の提案とは違いますが、打ち合わせでお話ししているうちに、手作り冷凍カレーの中身を推理して再現する流れに、なんてことにもなりましたよ」

「できたんですか、再現」

「一応は。今までで一番喜んでいただけたかもしれません」

「まさしくオーダーメイドですね」

　石毛の聞き取りは、そのまま一時間以上続いて終了となった。

（……なんか、いいのかなこれで）

　自分としてはお喋りの延長線上で、総じて石毛は聞き上手で話しやすかったが、本当にこれを記事にするのだろうか。

　会議机に置いたものを片付けながら、石毛が言った。

「今日はお疲れ様です。雑誌の発売は来月になりますが、その前に内容の確認でご連絡することがあると思います」

「はい。あの……問題なかったですか？」

　七穂はつい確認してしまった。

「どうしてですか？」

「私一人で、だらだらと喋ってしまった気がして。調子にのっていたところもありますよね。こんなに時間だけ取って、使うところがないなんてことになったら、申し訳ないです」

「石狩さん。たとえば副編の増田さんって、コンプラ違反の失言魔王だし丸投げしてくるから本当に嫌で、普通ならまず受けたくない案件なんですが」

「石毛さん……」

「でも、人を見る目はあると思うんですよ。あの人が回してくる企画で、実りがないって思ったことは一度たりともありません。今もそうです。私、早くこれを文字に起こしたくてしょうがない」

　録音を終えたＩＣレコーダーを、宝物のように手の中におさめていた。

　思わず七穂も、口もとがゆるんだ。

「ありがとうございます。光栄です」

「私も子供が小学生と保育園児で、自分が二人いればいいのにって思う時もあるんです。家事代行、ちょっと考えてみようかって思いました」

「うちじゃなくても、是非ご検討を」

「はい。それではどうぞよいお年を」

石毛真紀とは、そのまま会議室で別れた。

エレベーターで、元来た一階に降りる。一緒の籠に、バイク便の業者らしい青年と、堅そうな背広姿の中年男性が乗り合わせた。

月並みな感想だが、世の中本当に色々な職業があるのだと思った。そして各人いい仕事をしたと思う場に立ち会うのは、なんにしろ嬉しいものだということも付け加えておこう。

受付に来館証を返し、エントランスを出た。とたんに吹き付ける横風が、刺すように冷たい。思わず身をすくめた。

「よいお年を、か」

石毛と最後にかわした、何気ない挨拶を思い出す。

毎日バタバタと過ごしているが、もう十二月だ。そう言ってもいい時季なのだ。

四角四面のオフィスビルだらけの街でも、谷間で営むコンビニでは店内にクリスマスの装飾が施され、おせちの予約ポスターが貼ってあった。

コートのポケットに入れていた、スマホが震えだす。

クライアントの角田襟からだった。

「はいっ、こんにちは角田様。どうですか、つわりはだいぶ治まりましたか……え、ちょっと待ってください。もしかして泣いてます？　何があって……旦那の姉夫婦が遊びに来る？　しかも泊まり？　年末年始のクソ忙しい時に？　地獄ですねそれ」

電話口の襟の嘆きは、妊娠して情緒が不安定になっている部分を差し引いても、察して余りあるものがあった。

「とにかく断れないんですね。ええわかります。そしてイラストの締め切りは、年内いっぱいあると。じゃあそうなると厳しいのは、当日よりもそれまでの準備ですね。大掃除とか布団の準備とか。はい、はい、大丈夫です、うちはその時期もやってますから。一回作戦立てましょう」

七穂は通話を終えた。

さて、しんみりしている場合ではない。今の七穂には、待っていてくれるお客様がいるのだ。

木枯らしともビル風ともつかない北風に耳を冷たくしながらも、七穂は地下鉄の階段を目指す。とにかく風邪引きだけは気をつけようと強く心に決めながら、スニーカーの足を早めた。

＊＊＊

【令和のシゴト人　第十二回　石狩七穂（家事代行サービス）】

石狩七穂さんは、二十五歳で家事代行サービス『ＫＡＪＩＮＡＮＡ』を立ち上げて評判を呼んでいます。誰でも助けがほしい時があるし、その人にぴったりのオーダーメイドな家事を提供したいという、石狩さん。お話を聞いてみました。

——多い依頼はなんですか。

石狩「おおまかには掃除・洗濯代行サービスと料理代行サービスに分かれます。掃除・洗濯には綺麗を維持しやすい収納や手入れの相談、なんてものも含まれますし、料理は買い出しや数日分まとめての作り置きのご依頼が多いですね」

——石狩さん自身、特に飲食やハウスクリーニング、主婦として家事をされてきたなどの経験はないそうですね。それでもあえて家事代行業をやろうと思ったのは、なぜなのでしょうか。

石狩「自分に一番向いているなと思ったんですよ。私はかなり飽きっぽい人間で、やることが決まりすぎていると別のことがしたくなる困ったタイプで。その頃ちょうど求職中だったんですが、デスクワーク系の面接に落ち続けて、どうしようかって思っていたんですね。それで、逃避気味に家族の洗濯を引き受けたり、知り合いに料理を差し入れたりしていたら、ふと気づいたんです。私、家事に関しては飽きたことないなと」

――なぜでしょう。

石狩「たぶん、家事って『同じ』ことがないんですよ。たとえば料理は三日連続同じメニューなんてことになったら、手抜きをするなって言われるほど、違うものを作りますよね。洗濯物は季節で変わるし、カビや汚れは家のあっちこっちでランダムに発生するし」

――それが嫌な人もいますよね。

石狩「はい。でも私にはちょうどいいみたいです。毎日新鮮に『む、こいつはどうしてやろうか』みたいな（笑）」

——いいですね。

石狩「じゃあもう仕事にしちゃえと」

——そこから一人で『KAJINANA』を始めようと思った。思い切りましたね。

石狩「そういう働き方があるって知ってからは、むしろ迷いがなくなったと思います。まずは自分でできることから始めてみようと、友人などのつてを頼って色々準備をしました。予約サイトを整えて、自分で回れるエリアに自分でポスティングして」

——反響はありましたか？

石狩「ぼちぼちというか、なんか思っていたのと違ったというか」

――と言いますと？

石狩「最初は共働きのファミリー世帯とか、介護に追われている人に向けてチラシを配ったりしたんです。うち、両親が共働きでかなり忙しい家だったんですよ。だからあの頃のしんどそうな母を助けるつもりで、チラシのデザインもそっち方面に振って。でも、蓋を開けてみたら単身世帯やＤＩＮＫＳ、ひとり親家庭からの問い合わせもけっこう多くて。今は男性も自分事として家の事を引き受けてらっしゃる方も多いですし、誰が利用するかの枠にとらわれていたのは、自分だったわけです。がんばっていい助っ人になろうと思い直しましたよ」

――需要は幅広かったということですね。石狩さんにとっては、お母様との記憶が家事代行業のきっかけになっているようですが。

「お、おお……」

年明けて一月となり、七草がゆや鏡開きも通り過ぎ、お祝い気分もなくなった頃。我楽亭の郵便受けに、厚めの角封筒が届いた。

仕事帰りで郵便を回収しようとしていた七穂は、チラシと請求書の他にこの封筒を見つけ、一気に目が覚めた。さっそく家の中に入って、ハサミで封筒の口を開いた。差出人は、周壇社チエノワ編集部だ。中身はこちらの想像通り、刷りたてとおぼしきチエノワ新年号であった。

(来た来た来た)

落ち着けと言い聞かせながら、ページをめくる。

石毛真紀が書いた『令和のシゴト人』は、ちゃんと載っていた。カラーの見開きで、七穂の顔写真まで掲載されている。なんというかまぶしい。

「た、隆司君！」

七穂はいてもたってもいられず、同居人の名を呼んだ。

隆司は母屋の隣、洋館の仕事部屋にいた。チャットアプリか何かで、本社の人と英語でやりとりをしていた。

「どうかした？」

「ちょっとだけごめん、これ見て！」

待望の雑誌を開いて、隆司に見せた。

記事の内容自体は、事前に石毛が原稿をチェックさせてくれたので知っていた。しかし綺麗にレイアウトされて、紙の状態で出てくるとまた違う。

「すごいね、こんな丁寧に記事にしてもらったんだ」

「うん。石毛さん、すごく沢山話を聞いてくれたの。写真も撮ってもらったんだけどさ、見て、仕事着なのに奇跡の一枚だよ。もうお葬式の写真はこれでいいかも」

「何言ってるの。七穂ちゃんわりと素でこんな感じだと思うけど」

おかしいのはあんたの方だよと思った。目に加工アプリでも仕込んでるのか。

父譲りの太眉で男顔だが、今回の写真は自然な笑顔で、珍しくやわらかい雰囲気にまとまっている。意外と母らしくなるのは発見だった。

椅子に座る隆司は、受け取ったチエノワをいったん閉じると、目を細めて微笑んだ。

「よかったね、七穂ちゃん」

「……へ、へへ。なんかちょっと嬉しいよね」

ねぎらいの言葉とともに、こちらの腕を軽く叩かれると、ない尻尾を振りたくなる。くすぐったくも誇らしくて。

「恵実子おばさんとかにも、伝えた方がいいんじゃないの？」

「やだ。別にいいよそれは」

「照れてる場合じゃないよ。おばさんきっと喜ぶと思うよ」

別にそのために、取材を受けたわけでもないのだが。

しかし想像をしなかったわけじゃない。ひさしぶりにケンカをしないですみそうな、前向きな話題なのだ。隆司はじっとこちらの顔をのぞき込んでくる。飾ることを知らない相手に、今さら変な意地をはっても、しょうがないと思った。

「わかった。ちょっと連絡してくる」

「行ってきな」

見送られて、洋館を出た。

茶の間のこたつに、スマホを置いたままだった。七穂は雑誌を小脇に抱えて、ひさしぶりに母の番号に電話をした。できるだけ簡単に伝えるのがいいだろう。

『……もしもし？』

「あ、お母さん？　私。あのさ、お母さん時々チエノワって買ってたよね。あれの今月号、見かけたら読んでみてよ。私のことが載ってるから」

『何に載ってるって？　いったい何をしでかしたの七穂』

ため息交じりの、心底苦々しい声で言われて、一瞬息が止まった。

高揚していた心が一転、足下から砂が引いていくようだ。

「……ちょっと待ってよ。何その言い方。私何も悪いことなんてしてないよ」

『年末もお正月も顔出さなくて、今さらなんの用かと思うじゃない』

また深いため息だ。

「だってお客様の予約が入ってたんだもの。キャンセルしたら信用に関わる」

『休めない。代わりもいない。まともな仕事じゃないわ』

引きつる喉を動かし、無理やり唾を飲み込んだ。

まとも？　まともってなに？

この人の希望は、普通の会社の正社員。ずっと前からそうだった。実績がないのに理解なんて得られないと、『KAJINANA』に反対されても強く反論はしないで仕事に打ち込んできた。腐るな、焦るな、いつかきっとわかってくれるはずと。

雑誌の記事一つで見方が変わるなんて、虫のいい考えだったかもしれない。まして認めてもらおう、褒めてもらおうなんて、本当に馬鹿馬鹿しい執着だったよ、石狩七穂。まさか信じてすらもらえないとは！

「……わるかったね。まともなしごとじゃなくて」

『ちょっと七穂？』

「ふざけんなよくそばば、あんたいったい何様だ！」

こたつ布団を蹴らんばかりに怒鳴ったら、中にいたちゃみ様が這々の体で逃げていった。嘘のように涙がぼろぼろとこぼれた。

「お母さんにとって価値があるのは、いい大学と資格と正社員だけ？　それ以外の人間は意味ないの？　虫けら？　どんだけ生きたらそんな傲慢になれるの、教えてよ」

『七穂』

「少しは千登世おばさんを見習え！　もう知るか！」

本当に馬鹿だ。七穂は荒い呼吸のまま、スマホを乱暴に切った。嗚咽しそうになる自分を必死にこらえた。

さっきまで誇らしさの支えだったチエノワの新年号が、ひどく滑稽に見えた。投げるのもむなしくて、ただこたつの上に雑に置いた。

背後で物音がして顔を上げたら、茶の間の入り口に隆司が立っていた。

怒鳴る女のせいで怯えるちゃみ様を腕に保護し、彼は険のある厳しい視線をこちらに向けていた。まるでこちらを責めるように。

「七穂ちゃん。言い過ぎだ」

「ああそう。ご高説ありがとう」

今はそんな話聞きたくないと思った。

君が大変な目に遭ったのは知っている。比べるようなことではないのだろう。でも、たとえ血が繋がっていなかろうと、君には話が通じるまともな両親がいるじゃないか。

それが私には羨ましい。

こっちは実の母親でもこのざまである。

四章　かくも不器用な私たち

「だからね、あたしすっごく頭にきたの。バカーってゆまちゃんに言った」

茉里奈はキッチンカウンターのハイスツールに腰掛け、いっぱしに己（おのれ）の不満を訴えていた。

「うわー、それじゃケンカになっちゃったんじゃないの？」

「うん。ゆまちゃんもバカって言った方がバカだって言った。バカって言った方がバカって言った方がバカだよね」

「どうだろう……」

断言はできない。

茉里奈の手元にはカルピスの入ったコップと、おやつの小魚ナッツもあり、まるでバーの常連客のようである。七穂はバーテンダーではないが、料理を作った後片付けをしながら話を聞くことはできる。

ちなみに今日はばりばりの平日で、本来なら茉里奈は学校が終わって学童保育、俊介は会社、そして七穂は預かった鍵で誰もいない阿部家を掃除し、料理の下ごしらえをして帰るはずだった。しかしなんと茉里奈のクラスでも風邪が大流行し、学級閉鎖中らしい。

本人はいたって健康そのものだそうだが、数日登校できず鬱憤がたまっているようだ。俊介は急遽会社にリモート申請をして、この急場をしのいでいるという。

「もうゆまちゃんなんて友達じゃないから、学校でも学童でもしらんぷりしたの。折り紙作っても、さなちゃんとりかこちゃんにしかあげなかったし。次の日ドッジボールで仲直りしたけど」

「ドッジボールはしたんだ」

「ゆまちゃん取るのうまいし。給食で嫌いなインゲン食べてくれるよ」

小二の人間関係は、シンプルなのか複雑なのかわからない。

そもそもケンカって、どうやって終わらせるんだっけ。いざ考えると、説明ができない自分がいた。近年で揉めた例に取れば、アカウントごとブロックしたり、なんとなく疎遠になったり。どれもカットアウトの手法だと気がついた。だめじゃん。

昨日隆司と一晩口をきかず、朝もろくすっぽ挨拶もせず家を出てきてしまった人間としては、謎の理屈で関係を修復できる茉里奈の方が、よっぽど優秀な気がしてきた。

（だって腹立つでしょ）

どうしても納得がいかないのだ。なぜあそこで、自分が責められなければならないのか。ありえない。絶対にありえない。

「学校はじまったらね、みんなで大縄跳びやるんだ」

「そうだね、早く始まるといいね」

「茉里奈、もういい加減にしなさい。石狩さんはお仕事中なんだぞ」

ダイニングテーブルにいる俊介が、娘の茉里奈をとがめた。

「でもパパ」

「オセロはどうする。茉里奈の番でずっと止まってるぞ。もうパパの勝ちでいいのか？」

「待って待って、それはいや」

茉里奈はハイスツールから床につたい降りると、そのままテーブルで駒をもてあそぶ俊介のところへ走っていった。

「阿部様もお仕事がありますよね」

「この時間はもう仕方ないです。茉里奈が寝てから、なんとかスパートかけますよ」

右手に会社支給のノートパソコン、左手にオセロで集中できたら奇跡である。俊介は諦めたように苦笑していた。

どちらも大事な人をなくして、まだまだ日が浅いのだ。どうか必要な時間をゆっくり過ごしてほしかった。

「それじゃあ阿部様。こちらは料理も全て終わりました」

「ああ、どうもお疲れ様です」

本日の阿部家の夕飯は、ノルウェー産サーモンの漬け丼になる予定だ。冷蔵庫の中で、お刺身のサーモンとたっぷりの大葉が、めんつゆとごま油のつけダレに漬かってスタンバイしている。

この後夕飯時には、炊飯器のご飯を丼に盛り、漬けた刺身と薬味を載せた後、海苔と温泉卵をトッピングすればすぐに食べられる。寒い時期なので、汁物は豆腐や根菜をたっぷり入れたけんちん汁を多めに作った。

「冷蔵庫の漬け丼ですけど、茉里奈ちゃん向けに味付け控えめなんで、阿部様はコチュジャンとか足してユッケっぽくしてもいいと思います」

「了解です。いつもありがとうございます」

「ばいばーい、七穂ちゃん」

「本当に風邪が流行ってるみたいなんで、石狩さんも気をつけて」

七穂はマスク姿で微笑み返す。そのまま茉里奈と俊介に見送られ、阿部邸を辞した。

家に帰る途中でスーパーに寄り、機械的に食材や日用品をカゴに放り込んでいく。

（タンパク質、栄養、ビタミン、タイムセールで二十パーセントオフ）

会計にいたるまで無の境地だった。買ったからには、本当に帰らなければならないのに。

ああ嫌だ。本当に憂鬱になってくる。

家出しようにも、あそこはすでに七穂の家出先のようなものだった。なら適当な友人のところに押しかけるか？　こんな愚痴とてもこぼせない。けっきょく悶々と悩んでいるうちに、我楽亭に到着してしまった。

洗面所で念入りに手を洗ってうがいをし、台所に買った食材をしまいに行こうとしたら、玉暖簾の向こうに誰かがいた。

「――七穂ちゃん」

隆司だった。まるで待ち伏せだ。

「……冷蔵庫の中、なんにもなかったでしょ。食事は作るから」

目をそらし、そんな隆司の脇を無理やり通る。エコバッグを作業台に置いて、冷蔵庫のドアを開けた。

その手を横から、隆司がつかんだ。

「食事は？　それどういう意味？　他はどうするの。俺は嫌だよ、こんなの――」

「放してって！」

七穂はとっさに振り払った。

ちょうど卵のパックを手に持っていたおかげで、一緒に卵も床に落ちた。何かが潰れるような嫌な音が、にらみ合う七穂たちの足下でした。

「ちゃんと話そう」

「だったらどうしてあの人の肩もつの？　わからないよ。私のこと好きなら、いつでもちゃんと私の味方でいてよ！」

感情のおもむくままに叫んで、それがどれだけ理不尽な言い分か知る。

馬鹿か。恥を知れ。

「……ごめん。失敗した。今のはなし。ノーカンで」

「いいよそれは」

「なんかほんと、おかしいんだ。ずっと頭ん中変な感じで」

七穂は焼け付くような羞恥（しゅうち）に頰を赤くし、うつむいて眉間をおさえた。

自分で自分がわからない。まるでだだをこねる子供の、みっともない癇癪（かんしゃく）。それを隆司に叫ぶ人間である自分に絶望したくなる。

「あのさ……俺は七穂ちゃんのことが二十四時間、三百六十五日好きだけど、でもうなずけない時だってあるんだよ」

隆司は慰めるように、うつむく七穂の髪や背中をなでた。

「そんなの当然だよ。隆司君にだって心はある」

「違う。今回は理由が理由なんだ。たぶん七穂ちゃんが聞いても気持ちいい話にならないと思うけど、それでもいい？」

「何？」

「おばさんが育った環境と、その考察についての話」


茶の間にはやかんが載ったストーブが焚かれ、旧式のこたつが足下を温める。ちゃみ様が先にこたつの中にいたので、七穂たちは邪魔をしないよう、かなり気をつけて足を入れた。

七穂は隆司に聞いた。

「……どういうことなの？」

「七穂ちゃんはさ、俺たちの祖父母について、どんな印象がある？」

「隆司のお祖父さん……結羽木茂さんとか？」

「違うよ。俺たちの、だから」

そうか、と思った。父方ではなく、母方の話だ。恵実子と千登世の旧姓、笠原(かさはら)の家の祖父母になる。

「……って言っても私、あんまりよく知らないのよね」

「印象が薄い？」

「だって都会の人混みが嫌いで、ずっと田舎に引きこもっていた人たちなんでしょ。母は里帰りとかしない人だから、いいも悪いもないっていうか」

「判断基準がないのか」

「年賀状のやりとりもなかったのよ」

事実七穂の家では、祖父母と言えばすなわち父方の祖父宗助（そうすけ）や、克子を指すものだった。

それでも母方の祖父は、二十年ほど前に鬼籍に入ったと聞く。祖母も一応施設で存命とは聞いているが、好悪の感情を抱くほど交流がないのでなんとも言えないのだ。

「そうなんだ。俺、実はちょくちょく会ったことあるんだよね。特にお祖母（ばあ）さんの笠原花代（はなよ）さんの方とだけど」

「え、ほんと？　マジで？」

「うん。うちの母さんに会いたくて、成城（せいじょう）の家まで遊びに来たこともあるし」

なんだそれは。どこが都会嫌いだ。話が違いすぎる。

「どんな人だったの？」

「そうだね……思ったより、愛想（あいそ）のいい人だったよ。日本に来たばっかりの俺のことも、にこにこしながら『可愛くて賢い孫だ』ってベタ褒めしてくれた。お菓子も沢山くれて」

「ほんとにいい人じゃない」

「かもね。ただ、なんていうかな。褒め方がさ」

「褒め方？」

「さんざん周りのことを持ち上げた後、母さんをつかまえて言うんだ。『やっぱり女は愛嬌よ。おまえは恵実子と違って器量良しで素直だから、いい結婚ができたんだね。私が言った通りだ』って」

その話を聞いた時の、ざらりと砂を舐めたような感触は、本当にリアルだった。七穂は無意識に口元に手をやっていた。

隆司は背中を丸めてこたつに深くもぐりこみ、戸惑う七穂を見ながら苦く笑った。

「最初それ聞いた時はさ、母さんが結羽木の家でやっていくのに、なんの苦労もしてないと思ってるのかって、ちょっと呆れたりもしたんだけど。決定的だったのは、笠原のお祖父さんが亡くなった時かな。覚えてる？　お葬式の時に結羽木名義のお花に比べて石狩家の花が小さいってずっと文句言ってて、恵実子おばさんがやめてくれって頼んだらものすごく怒ってさ」

——おまえは昔から可愛げがない。肩肘張ったところで旦那は二流、いまだに仕事も辞められないじゃないか。子供の教育もろくにできなくて将来が知れてるよ。

そういうことを、みなが見ている前で、それこそ千登世や他の親戚が取りなしに入るまで続けていたという。

「それ……」

「ひどいって思うよね。あんまりだって。恵実子おばさん、最初は言い返してたけど、だんだん諦めちゃって。話が通じないって思ってたんじゃないかな」

小さい時に参列した葬式が、誰の葬式だったかやっとわかった気がした。あれは、自分の祖父の葬式だったのか。

見たこともない土地の、まるで知らない会場で、父も母もよそよそしい雰囲気で、とても近親者の葬儀だとは思えなかった。

特に七穂たちから離れたところにいた、母の張り付けたお面のような顔。実の父親が亡くなっていたのに。

「もし七穂ちゃんが、笠原の家に対してなんの思い入れもないって言うなら、それはずいぶん注意して、おばさんが君を遠ざけてきた結果だと思う」

嫌な言葉を耳に入れないように、傷つかないように、守られてきた。

「たぶん、笠原花代さんの価値観だと、出来がいいのはうちの母さんなんだ。見初められて玉の輿にのって、専業主婦の奥様ルート。それに比べておばさんはって、ずっと比較されてきたんじゃないかと思う。だからこそ恵実子おばさんは、反対されても築いたキャリアに固執してるし、他でもない七穂ちゃんに、妹を見習えって言われるのはしんどくて辛いことになる。全部想像だけどさ」

「知らなかった……」

私は——何を言った？

最強資格持ちのバリキャリで、正社員以外の仕事にははなも引っ掛けず、家事なんて一円にもならないとうそぶく、そういう人に物を言ったつもりだった。

(でも私だって傷ついてた)

反発心がすぐに生まれた。仮に発言に理由があったとしても、自分がやりたいことを認めてくれないのは辛かったのだ。あの言動の数々は、祖母の心ない仕打ちがあれば相殺されて許されるものなの？

——どうだろう。わからない。

気持ちが片方に傾くたびに、もう片方が頭をもたげて定まらない。くるくる善悪が入れ替わって、ただ息が詰まった。

「もう一度、よく話し合ってみたら。俺が言えたことじゃないけど、今の七穂ちゃんなら、違う話ができたりするんじゃないの」

前のめりに天板へ突っ伏す七穂の頭に、隆司のやわらかい言葉が染みた。

話し合う。そうする自分を想像する。難しいけど、それでも考える。

千登世と比べたことは、謝ってもいい。家の事全般を軽視するのは、過去と照らし合わせても謝れるなら謝ってほしい。家事代行の仕事を認めてほしい。

ひとかたまりになっていた恵実子への気持ちを、いったん切り分けて訴えることもできるかもしれないから——。

「……わかった」

「うん。それでこそ七穂ちゃんだ」

ここに隆司がいてよかったなと思った。一人でいたら、きっと黒い気持ちのまま行き詰まって苦しいだけだった。

また物別れで傷つくようなことがあったら？　たぶん、その時はその時だった。私は前に進めるはず。

「……そうだ。ご飯作んないと」

がばっとこたつから立ち上がろうとしたら、隆司に苦笑いで止められた。

「いいよ七穂ちゃん。そんながんばらなくても。今日ぐらいは出前でも取ろう」

「そうじゃなくて。魚、冷蔵庫に入れてなかったかも」

「え」

確かめたら、本当にシンクの横に出しっぱなしだった。

「いやー、特売の鰤ー。さくで買っちゃってたのにー」

「だ、大丈夫？」

「わからん。台所は暖房入ってなかったけど……」

阿部家の漬け丼に触発されてのものだったが、刺身で食すのは少し怖かったので、色々考えて鰤しゃぶをすることにした。

「しゃぶしゃぶって、牛肉以外にもやるんだ……」

「やるよー、この時期はうまいよ鰤」

土鍋に水と昆布を入れ、白菜や茸などの野菜も入れてたっぷり鍋にする。そこにスライスした鰤を泳がせて、具と一緒にいただくのである。

床に落とした卵のパックは、幸いにしてダメになったのは二個だけだった。残りは綺麗にして、反省しながら冷蔵庫に戻した。もう同じことは繰り返すまい。

(煮えづらい具は、台所で先に煮込んでおこう)

具体的には白菜の茎、茸や人参などだ。刻んで火を軽く通したら、土鍋ごと茶の間に持っていく。

「隆司君ー！　カセットコンロの準備できたー？」

「ＯＫ」

よし、では出発だ。鍋つかみで熱くなった土鍋の取っ手をつかむ。ぐらぐらと煮え立つ鍋を移動させるのは少し怖いが、一気に茶の間まで運んだ。

「足下気をつけて」

「どいたどいた！」

土鍋をカセットコンロの五徳に着地させた。ふうと大きく息を吐く。

こたつに置いたカセットコンロ。そしてその上で湯気を出す丸い土鍋。いかにも冬の風物詩といった風情があった。成り行きの産物とはいえ、鍋は悪くない選択肢だったかもしれない。

蓋を開ければ中の具材は煮えており、あとは白菜の葉や水菜を入れるのみだ。こちらはあっというまに火が通る。

「鰤は各自でしゃぶしゃぶしてから食べてね」

「味付けって、どうなってるの」

「そうだね。まあ普通にポン酢醤油かな。お薦めの薬味は、そこの大根おろしと生姜(しょうが)ね。柚子胡椒(こしょう)もいけるよ」

七穂は飽きっぽいので、大根おろし＆生姜も、柚子胡椒も両方試すつもりだ。

薄い身が崩れないよう、さっと鍋にくぐらせた鰤を、くたくたの白菜と一緒にいただく。

（くー）

冷たい海で身が締まった鰤の、うまみが強い。特に脂っ気のある腹身の側も、適度に脂が落ちてさっぱりと食べられた。

「めちゃくちゃおいしいよこれ」

「日本酒が欲しい」

鍋を囲める相手が目の前にいることも、きっととても幸せなことなのだ。

〆の雑炊までお腹に入れて、体の内側をぽかぽかにして、それから母の恵実子に、もう一度電話をかけた。

ただ、なかなか繋がらなかった。

ＬＩＮＥにメッセージを入れ、翌朝まで待ったが既読にすらならない。

（どういうつもり？）

そっちがカットアウトするというなら上等だと、一瞬頭に血が上りかけた。だが、今の七穂はひと味違うのだ。

――くそ、負けてたまるか。

この場合の負けは、話し合う道を完全に絶つことだ。

こうなったら、直接乗り込むしかない。

「はは。来たぞ恵実子め」

娘様のお帰りだ。

七穂は日中に入っていた予定を全て片付けると、最後は車でS市の実家に寄った。ぎりぎり二台駐車できる庭に車を駐め、外に出る前にスマホで時間を確認したら、午後の六時過ぎである。すでにあたりはとっぷりと暗く、七穂が車を出ると玄関のセンサーライトが鋭くこちらを照らした。

（まずなんて言う？）

調剤薬局勤めのシフトは、ほぼ近隣の病院の開院時間と連動している。ここ数年恵実子が勤めている店舗は比較的家に近く、仮に締めの作業に手間取ったとしても、そろそろ帰っていていい時間帯だ。このドアを開ければ、恵実子に会える。いなくても待っていれば会える。そして言いたいことを言ってやる。

玄関の前で鍵を握りしめ、いざドアを開けて中に踏み込もうとすると、かなりのプレッシャーだった。

「七穂？」

背後から名前を呼ばれた。

振り返ると、父の石狩義之が同じライトに照らされ立っていた。

ダウンジャケットにゴルフ用のストレッチパンツと、いつも休日に着ている私服姿だ。遺伝子の存在を直に感じる眉毛は、今は驚きに跳ね上がっている。そしてちょっと変わっているのは、両手に某ファッションセンターの、ビニール袋をさげていることだ。

「え……お父さん？　どうしたの、仕事は？」

「おお、やっぱり来たのか。助かるよ」

義之は破顔一笑し、袋をがさがさ言わせながら近づいてくる。

「いやもうな、いざ前開きの寝間着とカーディガンとか言われても、家にあるかどうかもよくわからないんだよ。とりあえず店員さんに頼んで新しいのを買ってきたんだが、サイズはＬかＭかでまた悩んで……」

「ご、ごめん。話が見えない」

なぜ寝間着？　カーディガン？　というかあなた会社はどうしたのだ。

「おまえ、いったい何しに来たんだ」

「お母さんに会いに」

「だろう？」

ますますわからない。

お互いぽかんと相手の顔を見つめてしまう。

やがて父が言った。

「もしかして七穂、知らないで来たのか。母さん入院したぞ」

「はあ!?」


——びっくりした。本当にびっくりした。

慌てて父を引きつれ、入院したという総合病院に飛び込んだ。

「……いつ?」

「昨日の夜。だいぶ痛がってたんで、ここの夜間救急に連れていったんだよ。そのまま入院治療になった」

なんてこった。病棟の廊下を並んで歩きながら、七穂は天を仰いだ。

義之はいったん帰宅して会社に休みの連絡を入れ、入院手続きだの必要な入院セットの準備だので、家と店と病院を往復していたらしい。

「教えてくれればいいのに」

「母さんに、大げさにするなって言われてるんだ。特に七穂には言うなって」

「意味わかんない」

「てっきり意地張るのをやめたと思ったんだけどな……ほらここだ」

義之が、いくつもある大部屋のうちの一つを指さした。

中に入って一番奥の仕切りのカーテンを開けると、本当に母がベッドに寝ていた。

「うわやだ。何これ」

「……嫌だも何もないでしょう」

恵実子は点滴に繋がれたまま、苦虫を嚙み潰したような仏頂面で返してきた。次いで義之を睨みつけた。

「お父さん、だめって言ったのに七穂に言ったのね？」

「違う、ただの偶然だ偶然。本当だ」

「お父さんの言う通りだよ。家の前で聞いてひっくり返りそうだったんだけど」

父いわく、病名は急性腎盂腎炎。腎臓の一部が細菌に冒される病気らしい。

折しも巷では季節性の風邪やインフルエンザが大流行し、母が勤める内科小児科クリニック前の調剤薬局も無傷とはいかず、スタッフに感染者が出る中大量の処方箋を捌く必要があったそうな。

『そりゃあもう、忙しくてトイレに立つ暇もなかったとか』

とは、ここに来る前に聞いた父の弁。

もともと膀胱炎の持病持ちだった母はついに症状をこじらせ、今回腎盂腎炎へとランクアップしてしまったらしい。

　七穂は脱力のあまりベッドの脇にしゃがみこみ、深々とため息をついた。

「なんなのよもう……休めない、まともな仕事じゃないって、むしろお母さんのことじゃない」

「そうよ。だからあなたには、自分の体を大事にできる働き方をしてほしかったのよ」

　そんな風には全然聞こえなかったぞ。

（ほんと言い方だよ、言い方）

　七穂の電話に出ていた時、この人はどんどん痛む腰や吐き気といった諸症状に耐えていたようなのだ。あのつっけんどんな声やため息は、多分にそういう意味を含んでいた。そんな相手の空気を読まずに自慢話をした七穂が悪かったのか？　それとも不調を口にしない母が馬鹿だったのか？

　かさついてむくんだ顔。苦しかったろうに。

「言ってくれればよかったのに」

「言えないわよ。だってあなた……すごく怒ってたじゃない」

　蚊の鳴くような、今にも消え入りそうな声で恵実子は言った。

　ここで娘の目を見ることもできず、打ちひしがれて小さくなっている母を見て、七穂は急に『もういいや』という心持ちになったのである。

七穂が傷ついたように、この人もショックを受けて傷ついたのだ。のたうつ痛みは両者にあったのだ。

なら、それを今掘り返す必要がどこにある?

「今は怒ってないよ。怒鳴ってごめん」

七穂は点滴で繋がれていない方の母の手に、そっと触れた。母は黙って握り返した。なんだか妙に泣けてきた。


「うん……そういうわけでさ、しばらく抗生物質の投与とか必要みたいで、入院することになったの。期間? 数値次第だけど、一週間ぐらいだって。うん、その後は自宅療養みたい」

大部屋では通話ができないらしく、看護師に聞いて談話室から隆司に連絡をした。

いきなり『今、病院』と聞かされた隆司は可哀想にかなり驚き、事故? 病気? と最初はこちらを食い気味に質問をしてきた。誤解を解いた今は、だいぶ落ち着いている。

(私じゃなくて母なんだよ。ごめん)

もちろん母ならいいのかと言われれば、そういうわけでもないのだけれど。

「お父さん一人に、看病とか家のことやらせるのも可哀想だから、しばらく実家から仕事しに行こうと思うんだよ」

『それがいいよ。こっちのことは気にしないでいいから』

「本当？　ちゃんとあったかくして、食べるもの食べるんだよ。ちゃみ様のフードとお水も忘れないで」

『平気だってば。信用ないのはわかるけどさ』

ちなみに病院の面会時間は、午後二時から午後八時までらしい。すでに何分かぶっち切ってしまっている。早くしないと、さきほどここを教えてくれた看護師さんの、追い出しの視線が痛い痛い。

『七穂ちゃんこそ、大丈夫？』

この『大丈夫』には、色々な意味がこめられていると思った。

確かに腹を割って話をするつもりがこんなことになって、計算違いもいいところだ。

「……思ったんだけど。きちきち詰め寄って謝らせるだけが、和解でもないのかな、とか」

珍しく弱った親を先に見て、振り上げた拳の下ろし所を見失って、こんな台詞を吐いている自分は、弱腰の意気地なしだろうか。そうでもないと思うから。

七穂は苦笑した。

「大丈夫だよ、隆司君。元気になったらなったで、また言いたいことは出てくるだろうし。入院してる間は時間もあるだろうから、小出しに言ったり聞いたりすることはできると思うんだよね」

『そうだね。とりあえず、七穂ちゃんも無理はしないで。俺にできることがあるなら、なんでも言ってよ』

「戻ったら、私のためにピアノ弾いて。私が満足するまででいいから」

『……いや、もっと他にあると思うんだけど……』

なんでだ。なんでもって言ったじゃないか。

さすがに看護師の圧が強くなってきたので、通話を切ってから会釈とともに談話室を出た。

義之が、エレベーターホールで待っていてくれた。

「ごめん遅くなって」

「隆司君はなんだって?」

「びっくりしてたけど、お母さんの看病がんばれって。こっちのことは気にするなってさ」

「あの子もやっと心配する側になったってことか……」

「それ何気にひどいよ」

「だってそうだろう。こっちとしては、いざと言う時守る気概もない奴と、娘がつきあってほしくはないよ」

エレベーターの扉が開いて、中に乗り込む。

父が意外に保守的な考えの持ち主であることを知った。いつも強烈な自己主張の母の横で、目立たないタイプなのに。

「お母さんなあ……本当に責任感が強くて、根詰めるタイプだからな。今回ちょっとがんばりすぎちゃったよな」

「そもそも環境もまずいんじゃないの？　休憩もできないって」

「忙しいところに周りが倒れて、自分しかいないって思ったんだろうが……なあ七穂、母さんにここらで先にゆっくりしてみたらどうだって言ったら、聞いてくれると思うか？」

七穂は思わず言葉に詰まった。

それはあの母に、仕事を辞めろということか？　正社員命の人だぞ。

「……ごめん。私にはわからない。なんとも言えない」

「だよなあ。せめてパートに切り替えるとか」

それこそ死んだ方がましと言われないだろうか。

いくらアラカンで定年まであと数年とはいえ、早めのリタイアを想定しているだろうか。

籠が一階に到着し、ドアが開いた。

「とにかく七穂。今回の件が契機と思って、母さんにそれとなく探りを入れるか、聞いてみてくれないか」

「……わかった。あんまり期待しないでほしいけど……」

「頼むよ」

大変なことになったなと思った。

かくして石狩家の母、恵実子の入院という、いまだかつて経験したことのない出来事が始まったのである。

＊＊＊

病院への見舞いは父と交代で行うことにし、仕事帰りに父が持って帰ってくる恵実子の洗濯物を、七穂が家の洗濯機で洗う。そしてかわりに新しいものを、こちらが隙間時間に届けに行く形になった。

（あ、千登世おばさん来てる）

病室に顔を出したら、先客がいた。叔母の結羽木千登世だ。たとえカーテンで半分隠れていても、足下からしてマダム脚のハイヒールなのですぐにわかる。

ベッドサイドで恵実子と会話していた彼女は、「あら七穂ちゃん」と気さくに笑った。

「こんにちは」

「ええ。それじゃあね、姉さん。私はそろそろお暇するわ。もうあんまり無茶しちゃだめよ」

母は相変わらずつまらなそうな顔で点滴を受けていて、ベッドに半身を起こした形で安静を強いられていた。

出ていった千登世と入れ替わりに、持ってきた差し入れの袋を、ベッドテーブルに置く。

「お母さんこれ、頼まれてた本」

「そう、ありがとう」

「どう調子は」

「退屈で死にそう」

それは致し方ないだろう。

ちなみに母に頼まれたのは、家で定期購読している薬学の専門雑誌である。こんな時ぐらい仕事のことは忘れればいいのに、ますます引退を勧めるのに気が引ける感じだ。

七穂は備品のスツールに腰を下ろした。

「お母さんって、意外と千登世おばさんと仲いいよね」

「普通でしょ」

「そう？　だってなんか、千登世おばさんしか可愛がられてなかったたっていうじゃない。揉めそうな気もするけど」

「あの子は昔からいい子だから。私に対してもひねくれたところがないのよ」

合間にポツポツと、母の内面の話をしてもらうことがある。

それはあのケンカを経て、明確に変わったところかもしれなかった。

「女が四大なんてとんでもないって家で、応援してくれたのは千登世ちゃんだけ。姉さんならできるって。私だけ余計に家事を押しつけられても、黙って半分以上引き受けてくれたのよ」

「……ありがたいね」

「ええ。あの子が十九の時かしら。うちの大学の学祭に遊びに来てね。それで結羽木の御曹司に見初められたりなんかして、出来すぎだけどあの子ならしょうがないと思ったわ。それぐらい図抜けていたのよ」

「妹はシンデレラ」

「けっこうじゃないシンデレラ。それより私は確実に夢を叶えて、自由になりたかったの」

もっと早く、こういう話ができていればよかったと七穂は思った。

全部に共感できるわけではない。自分ではしないと思う選択もちょくちょく出てくる。でも、それをひっくるめての母なのだ。この興味深い話を集めて母という人の解像度が上がれば、下手に傷つく前にかわしたり、思いやれたりした場面もあったかと思う。

「あの子も婚家じゃ色々あるっていうのも、話には聞いてるのよね」

「なら克子おばあちゃんは？　おばあちゃんは、お母さんに優しかったと思わない？」

「おばあちゃんはお父さんと結婚して、一番よかったことよ」

「うわ問題発言」

七穂が揶揄（やゆ）すると、恵実子も皮肉っぽくだが笑ってみせた。

「とにかく学歴と資格だけは、後から親や旦那が剝がそうとしても、絶対に剝がせないものだから……あなたには押しつけがましく聞こえたのかもしれないけど」

「そうだね……」

途中でスマホの時間を確かめる。

「この後、仕事？」

「うん。私もそろそろ行くね」

「気をつけなさいよ」

今はその発言自体が、大きなジョークだと思う。

母がいる病院を後にして、お得意様を一件訪問してから、S市の家に帰った。


郵便を確認して家の玄関を開けたら、すでに父は帰宅済みだった。

「ただいま」

「おかえり七穂。先に始めてるぞ」

背広からスウェットの上下に着替え、七穂があらかじめ作り置きしておいた夕食を温め直して食べている。

「なかなかうまいな、この豚の包み焼き」

「包み焼きって言うか、レンジ蒸し？　お客さんにも好評だから、味は悪くないと思うよ」

「肉と野菜が一緒に食べられるのがいいな。ただ父さん噛み合わせがあんまりよくないからな、えのきは噛み切りづらいよ」

「なるほど。インゲンとかキャベツにしてもいいかもね。参考にしておくよ」

七穂はコートを脱いで手を洗うと、自分のぶんのおかずも冷凍庫から取り出し、レンジのスイッチを押した。

(歯の矯正やってる子も、えのきとニラが鬼門って言ってたな)

物は以前角田家にも作った、オーブンシートの作り置きおかずのアレンジだ。

細切りの人参やえのき茸、豆苗などを塩コショウした豚ロース肉で巻いて、オーブンシートに並べてやる。そこに刻みネギにおろしニンニク、鶏ガラスープの素、塩とごま油で作ったネギ塩だれをまんべんなくかけて包むのである。あとは冷蔵か冷凍しておくだけ。食べる時に皿に載せてレンジ加熱すれば、熱々のできあがりがいただけるという寸法である。

ご飯と即席の味噌汁、おかずだけというのも寂しいので、冷蔵庫に入っていた柿もむいた。終わる頃には、レンジの加熱も終了していた。一緒に食卓へ持っていく。

「お父さん、柿むいたんだけど、食べる?」

「おお、貰おうか。いやあ、七穂が帰ってくると食卓が豪華になるな」

「私がいない時、どうやってご飯食べてたの」

「母さんと交代で簡単なものは作ってたけど、そう毎日手のこんだものは無理だよ。惣菜や店屋物ですますことも多くてな」

「ふうん……」

自分が出ていった後、両親がどういう暮らしをしているか、あまり考えたことがなかった。たぶんなんとかやっているだろうと、漠然と思い込んでいた。

ここで恵実子が一足先にリタイアしたら、良くも悪くも生活は変わるだろう。あくまで彼女の選択次第ではあるが。

蒸気で限界までふくらんだオーブンシートの結び目をほどくと、中からふわりと湯気があがる。ほどよく蒸された肉と野菜に、ニンニクたっぷりなネギ塩だれがよく絡んで、ローカロリーながら満足感ある一品になっていた。

(うん。ちゃんとおいしい)

たまには自分でも食べて、味を確認するのは大事なのだ。

後片付けまで終えると、一階の戸締まりを点検する。

和室の電気を消そうとした時、簞笥の上にある仏壇が目に入った。

チエノワの新年号が供えてある。

恵実子が読み、義之が読み、そして今はここにある。悪いことではないと思うのだ。

「七穂ー、風呂は入ったかー」

「まだ。ガスは消さないで」

そう。たぶん悪いことではない。距離を詰めるための、小さな一歩だ。七穂は和室のふすまを閉めた。


二階の自室で寝る前に、我楽亭の隆司と少しだけ話をした。

七穂はスマホを片手に持ちながら、ベッドの上で足のマッサージをする。立ちっぱなしの仕事は、よくメンテナンスをしないと翌日以降に必ず響くのだ。

「どう、そっちは。変わりない？」

『まあまあかな。仕事してご飯温めて食べて。変わらないよ』

それならいいと思う。

少しからかうつもりで言った。

「そこで寝るのに一人って、寂しいでしょ」

『まあね』

相手はさわやかに肯定した。

『でもちゃみ様が布団の中に入ってきてくれるから、かなりあったかいよ』

「は？　私がいる時はそんなことカケラも起きないんですけど。嫌み？　ムカツク！」

実際、通話している後ろで、ちりんと鈴が鳴る音がした。どうやら近くにちゃみ様がいるようだ。『こら、噛むなよ』なんて、七穂をそっちのけにしたいちゃつきトークが間に挟まる。場所が七穂と同じ寝室の寝床なら、相当羨ましいことになっているはず。

（ちくしょー）

無駄に猫に愛される男だ、結羽木隆司。本人はそこまで猫好きでもないのに。羨ましい。恨めしい。そこが動物にはいいのかもしれないが。

離れて数日しかたっていないのに、もう里心がついていけない。

「ちゃみ様に会いたい……」

『俺は七穂ちゃんに会いたいけど』

がまんしろそれぐらい。猫がいるだろう。

＊＊＊

そして、大寒を越えた一月の末。予定より二日ほど延びたものの、石狩恵実子は無事に退院の運びとなった。

当日は精算を終えた後、七穂が車を運転し、母と一緒に実家へ帰った。

「とにかくさ、退院後は家で安静にすることだって。わかる？　安静って、安らかに静かにすることだから」

「知ってるわよそれぐらい」

「体を動かさないのね。レスト、ステイホーム」

車のハンドルを握りながら、七穂は病院で説明されたことを、こんこんと繰り返した。

ミラーに映る恵実子の顔は、娘の説教が嫌なのか渋いものだ。

「たかが自宅療養でしょう。こんなわざわざ、車で付き添いまでしてもらわなくてもいいのよ。バスで帰ったのに」

「いいやだめだめ。これがね、意外とわからないものらしいよ。特に主婦とか、家に帰ったとたんバタバタ働きだすんだとか。今日は私も見張ってるから、気合い入れて安静にしてね」

「はいはい……」

うんざりした様子が伝わってくる。少しやりすぎたかと思った。

車が大通りにさしかかり、ここまで順調だった道の流れがやや詰まるようになった。はっきり言って、この先の信号待ちは長い。直進に右折も交じるので、体感として抜けるのに十分はかかる。

　どうしよう。言うなら今か。

「……あのさあ、お母さん」

「何よ」

「いっそこの機会に、仕事辞めようとか考えたことない？」

「は？」

「いやね。今すぐ丸々すぱっと辞めるってわけじゃなくて。今より勤務日数減らしたりとか、半日だけの時短にするとか、そういうゆるめの働き方にシフトするって手もあるじゃない。ゆっくりのんびりするのもいいんじゃないかなって……」

「嫌よ絶対」

　間髪を容れず、断言された。

「だめ？　やっぱり嫌？」

「そんなの、今のポストを捨てて、再雇用でパートかバイトにでもなれってことでしょ？　退職金いくら変わると思ってるのよ」

「でも健康には代えられないよ」

「家にいたところで、お父さんに専業なみのいたれりつくせりな家事を期待されるに決まってるのよ。だったら仕事していた方が百万倍ましだわ」

「い、いや、そんなことないと思うよ……？」

「嘘おっしゃい」

あかん父よ。信用がないにもほどがあるぞ。

（やっぱだめか）

内心ため息をつく。

ダメ元の打診だったとはいえ、母も即答とはまた頑なである。

「わかった。もう言わないけどさ……でも、私たち本当にお母さんの体のこと心配してるんだってのは、知っといてね……」

母は聞いているのかいないのか、窓の外の景色を見つめて何も言わなかった。

車が家に到着すると、入院中になんだかんだと増えた荷物一式を持って、玄関へ向かった。

「どうぞ母上。待望の我が家ですよ」

「やっと家のお布団で眠れるわ……」

「食事で気をつけることって、禁酒と刺激物避ける以外になんかあったっけ――」

靴を脱ぎ、恵実子に続いて一階のリビングへ移動する。

「ちょっと待っててね、お母さん。そこで洗濯物とか自分で洗わないでね。まずはソファに座って一休みして」

「本当にうるさいわねこの子は……」

案の定、ボストンバッグの中から洗濯物が入った袋を取り出し、勝手に洗面所へ向かおうとしていたので、走りながら奪い取った。

まったくもって、油断も隙もありゃしない。

恵実子がソファに座ったのを見届けたところで、リビングの固定電話のランプが点滅していることに気がついた。

最近はすっかり鳴ることも少なくなった家の電話だが、留守電のメッセージが入っているようだ。どうせ何かのセールスだろうと思いつつも、機械的に再生ボタンを押した。

『どうもこんにちは、みどりライフホームの上田(うえだ)です。ええと、笠原さんの件でお電話いたしました』

まだ若い感じの女性の声が、スピーカーから流れだした。

(笠原？)

一瞬、間違い電話か何かと思った。でも一緒に録音を聞く、恵実子の反応で間違いではないとわかった。

つまり笠原は、あの笠原なのか――。

『月刊チエノワ、送ってくださってありがとうございますー。笠原さん、雑誌を見てにっこにっこになっちゃって。うちの娘だ、すごいでしょうって写真を指さして見せてくださるんです。ふだんはぼんやりされていることも多いんですが、こんなに嬉しそうな笠原さんを拝見するの、ひさしぶりでした。ええと、そういうわけで取り急ぎご報告と、お礼のお電話でした。失礼します――』

録音の通話が切れる音と、件数を伝える音声が部屋の中に響く。

七穂はあらためて、恵実子の顔を窺った。彼女は電話に半分背を向ける形で、ソファに腰をおろしている。

「チエノワ、笠原のおばあちゃんのとこにも送ったんだ……」

「……それはそうでしょ。せっかくの機会なんだから。うちの七穂は、ろくな人間にならないなんてことはなくて、ちゃんと立派にやっていますって。思いやりがあって、人様のお役に立って、雑誌にも取り上げられるぐらいですって。知って認めてほしかったのよ……」

恵実子の声は湿り気を帯び、両手で顔を覆うと同時に本格的な涙声となった。

「娘じゃないわ。孫なのよ！　あれは七穂なの。私じゃない。すごいのは私じゃないの」

「お母さん。もういいから」

「今さらなんで褒めるの。本当に年寄りはこれだから嫌よ。七穂に失礼じゃない……」

驚く七穂の前で恵実子は憚(はばか)りなく泣き、時に皮肉を込めて自分の母親を罵(ののし)った。打ち付けるような『叫び』だった。学ぶ邪魔をしないでほしかったこと。夫と娘を誹(そし)られることだけは耐えがたかったこと。七穂がいくら止めても聞かなかった。

最後の方は罵り疲れたのか全身の力も抜け、中空を見つめる口の端に、微妙な笑みさえ浮かべていた。

「けっきょく意味の無いことをしたってことね」

そんなことはないと、七穂は思う。

恐らくだが、恵実子も今、七穂が恵実子に対して感じたような『もういいや』の境地に達したのだと思う。関係をこじらせてから数十年を経て、ようやくという違いはあるけれど。

ずっと内側でくすぶっていた火が、笠原花代の反応によって、確かに消えたのだから。

七穂はソファに座る恵実子の脇に、あらためて膝をついた。

「私は嬉しいよ。お母さんすごいってことにしてもいいと思う」

「あなたお人好しすぎるわ」

「そんなことないよ」

あなたが私を誇りに思ってくれている。こんなにも強い気持ちで。その事実に震えているのだから。

――需要は幅広かったということですね。石狩さんにとっては、お母様との記憶が家事代行業のきっかけになっているようですが。

石狩「ええ。うちの母は薬剤師なんです。病院で夜勤とかしていた時代もあって、ふだんの仕事以外にも研修だ勉強会だって、一年中勉強しているような感じの人なんですね。疲れて帰ってきてから書類を広げだす母に、よくコーヒーとかホットミルクとか差し入れていました。普通逆じゃない？　って思いながら。でもそれが母でしたし、感謝されると嬉しいんですよ」

――ある意味、石狩さんの原体験とも言えますね。

石狩「かもしれません。いつも家でおやつなんか作って待っていてくれる、よその子のママが羨ましいって、子供心に寂しく思ったこともありますよ。あまり気にならなくなったのは、そうやって勉強した知識のおかげでお医者さんの薬の処方ミスにも気づいて、ガンガン問い合わせを入れて患者さんは命拾いしているって聞いた時かもしれません。なんだ、うちの母カッコイイんだと（笑）」

――わかると見方も変わりますよね。

石狩「ころっとですよ。人間、生きているかぎり家事は発生するわけです。そこだけはみんな一緒なんだって、最近しみじみ思います。でも、人の優先順位の一位がいつでも炊事・洗濯・掃除かっていうと、全然そんなことないと思うんですよ。男女問わず仕事だったり、子育てだったり、趣味や介護もあるかもしれない。だから私は、あなたが今一位にしていることを、存分にやってくださいって言いたい。後の事に関しては、『ＫＡＪＩ－ＮＡＮＡ』がお役に立ちます。それが私の一番やりたいことなんです」

――どうもありがとうございました。

エピローグ

どっしりと色のいい人参。

土つきのゴボウ。

太めのレンコン。

作業台にこれから使う食材を並べると、なんとなくやる気が出てくる。

（──よし、やるぞ）

七穂は腕まくりをして、まずは人参を手に取った。研いだばかりの包丁で、限界まで薄く皮をむくのに挑戦してみる。

今日はひさしぶりに、丸一日仕事が休みの日だった。我楽亭の台所は北向きだが、明かり取りの窓からは、やわらかい自然光が差し込んでくる。表の庭から取ってきた椿の枝が一輪、空き瓶にさしてあって、作業中の七穂の目を和ませてくれた。

カレンダーも三月に入り、あれだけ咲き乱れていた椿の花の勢いも、だいぶ落ち着いてきた感じだ。今はかわりに木蓮の花が熱いと思う。池の周辺以外にも、玄関側に白いのが一本生えているので、家の出入りのたびにアンティークランプのような花の形を観賞できる。

人参、レンコン、ゴボウの皮をむいて乱切りにすると、次は出汁や薄口醤油と一緒に圧力鍋にかけて、加熱する。

おもりが上がったところで弱火にし、数分たったら火を消して自然冷却を待つ。

蓋が開けられるようになったら、芯までやわらかく火の通った根菜たちが、ほかほかと湯気をたてていた。さすがの圧力鍋パワーだ。

（これは基本の煮野菜。これをベースにおかずを作ってくよ……）

まずは鍋から根菜だけいくつか取り出し、塩とごま油、水気を切ったツナ缶を加えてざっくりと和える。刻みパセリを散らせば、ごろごろ野菜のホットサラダのできあがりだ。

引き続いて鍋の中身を、小鍋に半分移す。片方は塩麹（しおこうじ）を揉み込んだ鶏手羽を放り込んで十分ほど煮込み、黒コショウをぱぱっと。

麹でやわらかくなった鶏と、圧力鍋でやわらかくなった根菜で、食べやすさもうまみも充分。これは手羽と根菜の和風ポトフとする。

「さて……ラスト一品だ」

鍋に残った最後の煮野菜。ここにみりんと生姜を加え、斜め切りのネギと薄切りの豚肉も加え、さっと煮付ける。

(念のため、とろみをつけてまとめるか……)

水溶き片栗粉で煮汁にとろみをつけ、あんかけ状にした。これはこのまま食べてもいいし、うどんの具にして、あんかけうどんとして食べてもいい。たぶんものすごく温まるはず。

これらを正方形に切ったオーブンシートの上に、小分けにしてよそっていく。

トングと調理用スプーン片手にせっせと作業をしていたら、今日は仕事日のはずの隆司が、玉暖簾をくぐって現れた。

「あれ、どうしたの隆司君。なんか顔色死にそうじゃない？」

「洋館の方までいい匂いしてくるから、腹減って腹減って……」

「それは大変」

「昼休憩にしようと思うんだけど、それ今日の昼飯？」

「あー、ごめん。違うんだ」

隆司が、それは露骨に肩を落とした。

「そっか。この先の夕飯用なんだね……」

「それでもなくて。冷凍して実家に送ろうと思ってるんだよね」

恵実子は退院し自宅療養した後、けっきょく正社員のまま仕事に復帰した。

辞めることもパートになることも、どうしても納得できなかったわけだ。ある意味とても彼女らしい。ただし体を壊すような激務は厳禁ということで、業務量はかなり調整したようだ。

父と交代で家事もし、疲れでまた倒れたり、いらいらを募らせるのは望ましいことではないので、時々こうして援護射撃をしようと思っていた。

少しずつ、外気に体を馴染ませるように、今の生活サイクルを受け入れていけばいいのだ。

「え……じゃあこれは、食べられないってこと……？」

「そうなるのかな。ごめん」

あらためてショックを受けているらしい隆司を見て、美形は悲劇がよく似合うなと非情なことを考えてしまった。

「とりあえずなんか作ろうか？　パン焼くとか、焼きそば炒めるとか」

「いや、なんかもうそういう口じゃないから、水でも飲んで夜まで待つよ……」

そこまでかい。

「わかったわかった。なんとかする！」

七穂は隆司のセーターを、後ろからつかんで引き留めた。

痩せている人間は、本当に隙あらばカジュアルに飯を抜こうとするということを、七穂は隆司という人間の例で初めて実感していた。

そりゃあ七穂なんぞ毎日三食もりもり食べているから、隙あらばカジュアルに太る。神様は不公平だなと思うのだ。

しかし食べることも作ることも、七穂は好きだ。取り上げられたら泣くだろう。食に執着がないタイプの隆司が、七穂の作る料理は残さず完食し、おいしいと褒めてくれるのは嬉しかったりもする。

「――はい。根菜のあんかけ。うどんがなかったから、ご飯にかけてみたよ」

鍋に少量残っていたものを、レンチンご飯にかけて丼にした。あとは箸休めに、冷蔵庫の浅漬けもつけてやる。

「かたじけない……」

「なんで武士になるの」

七穂のぶんまでは残らなかったので、鶏手羽などの具があらかた出払った和風ポトフに同じ残りご飯を入れて、スープご飯にした。これはこれでいい出汁が出て、おいしいと思うのだ。刻みネギをかけたら彩りもよい。

　縁側にまだ直射日光が当たっていたので、茶の間ではなく縁側で、座布団を出して食べることにした。

「七穂ちゃん、そこ、足下気をつけて」

「了解了解」

　二人の器を載せたお盆を、慎重に下ろす。

　雨戸を全部開け、ガラス戸のみを閉めきった縁側は、光が差し込むとサンルームのようにぽかぽかとして暖かかった。そのせいで家のちゃみ様と日光浴中の盆栽が、横に連なり同じ角度で日差しを浴びているのが、妙におかしい。

「いいねちゃみ様、毛並みふくふくだね」

「なーん」

　目を細めて、香箱座りの猫が鳴く。機嫌がいいようだ。真柏もここぞとばかりに光合成をして、心なしか毛艶ならぬ葉艶がいい気がする。

　ガラス戸の向こうも晴天で、ギザさんや先輩のような庭に集まる外猫たちが、点々と丸くなっていた。

「それじゃ、冷める前に食べようか」

「いただきます」

　人間は光合成ではなく、食事でエネルギーを摂取するのだ。それを忘れてはならない。

和風ポトフのスープご飯は、鶏肉なんて跡形もなく、野菜もごく少量で寂しい感じの見た目だったが、とにかくエキスが全部出たスープが滋味深く素晴らしかった。

「あー……やばい、これは残り物に福がある味だわ……」

可食部は減るが、骨付きの鶏肉にして正解であった。ご飯と一緒に、さらさらといただけてしまう。

「どう、隆司君の方は」

「生姜がきいてて、あったまるね。レンコンとかすごく甘い」

「圧力鍋パワーですよ」

この時季の糖分が多い根菜たちを、甘味を引き出すようにぎゅっと加圧しやわらかくした。

お疲れ気味の両親も食べやすく、腹持ちもいいおかずにしたかったのだ。

具のほとんどは取り分け済みの、自分のスープご飯を見ながら、七穂は呟いた。

「資格かー……」

「……なに、いきなり」

「母が言ってたんだよね。学歴と資格だけは、後から誰も剝がせないって。学歴がしょぼいのは今さらしょうがないけど、資格は取ってもいいのかなーとか……」

食や料理に関しても、掃除や洗濯に関しても、家事代行に活かせる資格は国家資格も民間資格もそれなりにある。語学で中国語や英語が話せると証明できるだけでも、日本に在住している外国のお客様の依頼を受けられるという意味で、ものすごく心強いだろう。

自分のやりたいことに直結していれば、昔は抵抗があった言葉も、素直に受け止められる気がした。

そんな話をすると、隆司がこちらを向いたまま、少しまぶしそうに目を細めた。

「七穂ちゃんのそういう、バイタリティあるとこ好きだよ」

「どうも。意地張ってる場合じゃないしね。ぼちぼち勉強してみるよ」

「別に、そんなに気負わなくてもいいと思うよ。どれも正解が決まってる、ゲームの攻略みたいなものだし」

「そりゃ君に言われてもねえ……」

説得力がないぜ、元スーパーエリート。わからない問題があったら、こいつにどんどん聞いてみようと思った。

「それで？　それが今七穂ちゃんがやりたいこと？」

「うーん……あとは、人増やせないかなとか」

「お、業務拡大？」

「というか、休めるようにしたいんだよね」

代わりがいない、休めないというのがどれだけ不便で不健康かは、今回身に染みたのだ。恵実子はもちろん、七穂も病院と実家を往復して、家事代行の仕事も詰め込んだのでかなり疲れた。

雑誌で取り上げられた特需もあり、『KAJINANA』の稼働は現在マックスに近い。いざという時の余裕と代打要員を確保しつつ、欲を言えば七穂にはないスキルの方とお互い補い合いながら、無理なく働けないものだろうか。

「なんかこう、いついつまでにどんな人が欲しいってわけじゃなくて、海賊の仲間募集ー、みたいなゆるい希望なんだけど」

「なるほど」

「ちなみにね、隆司君はもう船に乗ってるんだよ。『音楽家』枠で」

「すこぶる弱そうだね。俺、一応技術者なんだけど」

「そう？　こんなに大事な人いないよ」

雨の日も風の日も七穂の旅に寄り添い、心を鼓舞する音楽を奏でる人。一緒にご飯を食べて笑える人。そうだ、もう『猫』枠も埋まっていたではないか。

旅はまだまだ続くから。

どうもありがとう。これからもよろしく。

カボチャとレンコンの南蛮漬け

材料・作りやすい分量

カボチャ……300g　レンコン……200g　揚げ油……適量

A
砂糖……大さじ2　酢……大さじ3　鷹の爪……1本
醤油……大さじ3　水……3/4カップ

作り方

① カボチャは皮つきのまま半分に切り、7mm幅にスライスする。レンコンは皮をむき、1cm幅のいちょう切りにし、水にさらす。ザルにあげたらキッチンペーパーで水気を拭き取る。

② 保存容器にAを入れて混ぜ、南蛮酢を作る。

③ 揚げ油を熱し、カボチャ、レンコンをほんのり色づくまで素揚げする。揚がったら②に漬け込んで、できあがり。

七穂の一言メモ　揚げた鶏肉、豚肉、鮭などに南蛮酢ごとかけると、メインに昇格するよ

カリカリ梅のひじき煮

材料・作りやすい分量

芽ひじき（乾燥）……20g　油揚げ……1枚　サラダ油……小さじ2
人参……40g　カリカリ梅……2個

A
みりん……1/2カップ　醤油……1/4カップ

作り方
① 芽ひじきは水で戻し、水気を切っておく。
② 人参は細切り。油揚げは熱湯をかけて油抜きをし、縦半分に切ってからさらに細切りにする。カリカリ梅は種を取って、細かく刻む。
③ フライパンにサラダ油を熱し、芽ひじき、人参、油揚げを炒める。Aを入れて、弱めの中火で炒め煮にする。
④ 水気がなくなってきたら、カリカリ梅を入れてざっと混ぜたらできあがり。

七穂の一言メモ　ご飯に入れれば混ぜご飯にも！

小松菜とキャベツのおひたし

材料・作りやすい分量

小松菜……2株
キャベツ……2枚
塩……少々（茹でる用）

A
だし汁……1カップ
薄口醤油……大さじ1と1/2
塩……小さじ1/3

作り方
① 鍋にお湯を沸かして塩を入れ、洗った小松菜とキャベツをさっと茹でる。水に取って冷まし、水気を絞る。
② 漬け汁を作る。小鍋にAを入れ、一煮立ちさせたら火を止め粗熱を取る。
③ 保存容器に①を入れ、②をかけて一時間以上置く。

七穂の一言メモ　食べたいぶんだけカットして、鰹節やすりごまをかけて！

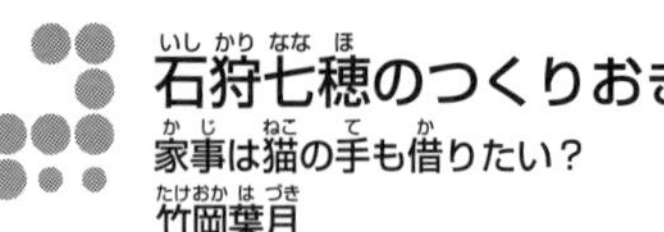

石狩七穂のつくりおき
家事は猫の手も借りたい？
竹岡葉月

2024年5月5日初版発行
2024年5月28日第2刷

発行者……加藤裕樹
発行所……株式会社ポプラ社
〒141-8210 東京都品川区西五反田3-5-8
JR目黒MARCビル12階

フォーマットデザイン　荻窪裕司(design clopper)
組版・校閲　株式会社鷗来堂
印刷・製本　中央精版印刷株式会社

ポプラ文庫ピュアフル

ホームページ　www.poplar.co.jp

N.D.C.913/239p/15cm
ISBN978-4-591-18178-2
P8111378